KB058722

아무래도 마음 둘 곳 없는 날

아무래도 ◇◇ 마음 둘 곳 ◇◇ 없는 날

관계가 버거운 이들을 위한 고요한 밤의 대화

윤채은 지음

알에이치코리아

우리는 모두 '나'라는 비좁은 세계를 넓혀가는 중이라는 생각을 해봅니다.

주변 사람들과 나누는 고민의 주제들이 다채로워지고, 삶의 방향이 달라지기도 하면서 나도, 타인도 성장하는 것을 경험할 수 있었습니다.

스스로에게 던지는 수많은 질문들이 자신을 위로하고 단단하게 만드는 동시에, 타인을 향한 따뜻한 관심과 배려로 이어지고, 그런 마음들이 모여 조금 더 너그러운 사회가 되었으면 합니다. 이 책이 누군가를 판단하는 잣대로 읽히지 않고 서로를 한 번 더 깊게 이해하는 데에 작고 소중한 도움이 되길 바랍니다.

가장 가까운 곳에서부터 따뜻한 선순환이 이루어지기를.

윤채은

차례

Part1 이별 한 가운데서

Part2 사랑할 줄 아는 사람이 되고 싶어서

Part3 타인과의 적당한 거리

Part4 관계의 끈을 붙잡고서

밤마다 울컥하는 순간이 온다면

무슨 일일까요.

때때로 와르르 무너져내리는 당신, 무슨 일이 있었나요? 그동안 아무도 물어봐 주지 않던가요. 소중한 사람에게 진심을 외면받았나요. 꿈꾸는 일들이 아득히 멀기만 한가요. 아무 일 없는 듯 지내다 문득 자신이 가여워진 걸까요. 뭐가 그렇게 서러워서 베개에 고운 얼굴을 파묻어요. 유일하게 자신의 품을 내어주는 존재가 침대 머리맡에 놓인 베개뿐이었던 걸까요?

많이 힘들었나 봐요.

혹여 이 현실을 이대로 인정하면 더 비참해질까 봐, 나 자신이 정말 그런 사람이 될 것만 같아 오랜 시간 꾹꾹 눌러온 이야기가 있을지도 모르겠어요. 친구들에게 털어놓기도 망설여지고, 낯선 누군가와 이야기를 나누기엔 기진맥진한 마음을 힘겹게 긁어내야 설명이 가능한 감정이라 자꾸만 뒷걸음질치게 되죠. 그 와중에 눈치도 없이 헤어진 전 연인이 떠오르기도 해요. 아무 말 없이 꼭 안아주는 존재가 필요한 걸까요?

이 공허한 마음이 채워져야 잠 못 이루는 밤이 물러갈 것 같아 온갖 노력을 해보지만, 그렇게 만들어지는 여유는 아주 잠깐이더라고요. 텅 빈 마음으로부터 주의를 돌리려 평소 입지 않던 스타일의 옷을 입고, 이것저것 내 공간에 들이려 할수록 마음은 메말라가는 것도 모자라 배배 꼬여가더군요. 내 마음을 회복하는데 쏟을 에너지를 엉뚱한 곳에 낭비한 격이었죠. 현재 내 체력에 맞게끔 몸과 에너지의 쓰임도 조정이 필요했어요.

삶에 여유가 없을 때는 마음도, 생각도 가볍게 비워내는 것이 최선이더라고요. 비워내니 그제야 힘이 솟았어요.

나를 위해 울어본 적 있나요?

나를 위한 선물을 해본 경험은 있을 거예요. 생일이라든지, 기념일을 맞이해서 소소하게, 때론 거하게요. 나를 위해 울어보는 것 또한 하나의 선물과 같아요. 나라는 사람에 대해 섬세하게 들여다보는 시간이거든요.

돌이켜보니, 그동안 내가 흘렸던 눈물은 온통 타인을 위한 것이었거나, 타인에 의한 것이었어요. 누군가의 사연에 아파하며 함께 흘린 눈물, 누군가 나를 서럽게 대하거나 사람을 잃었을 때 흘린 눈물이 전부였어요.

가끔은 나를 위해 울어보면 어떨까요?

시간을 거슬러 올라가 어린 시절부터 최근의 내 모습까지 찬찬히 살펴보는 것에서부터 시작해요. 한 장면 한 장면 돌아볼까요? 애써 아무렇지 않은 척 했던 나. 혼자서도 알아서 잘한다는 칭찬에 익숙해져 도움을 청하는 법도, 관심을 받는 것에도 어색했던 나. 사람들 틈에서 순간순간 무표정한 모습의 나. 가까운 사람들과의 대화 속에서 이해받지 못할 때 느꼈던 쓸쓸함을 외면해온 나. 어느 순간 달라진 내 모습을 온전히 받아들이기 어려운 나….

하는 일에 진전이 없고 휴식을 취해도 잘 쉬었다는 기분이 안 들고, 이것저것 소소한 행복을 찾아도 그때뿐이에요. 종종 나태함으로 오해받는 극심한 무력감은 지난 세월 속에서 겹겹이 쌓인 외로움과 불안의 산물이더군요.

'나 정말 외로웠구나. 지쳤었구나.'

내 감정을 이해하게 된 순간 왈칵 눈물이 쏟아졌어요. 누군가는 "사람은 누구나 외로워.", "이 정도는 다들 겪으면서 살아."라고 말하지만 외면한다고 해서 외로움이 사라지진 않더라고요. 이만 내 외로움을 인정하고서 자유로워지기를 바라요.

내 눈물의 1순위는 나였으면 해요. 겉으로는 단단해 보이지만 사실은 연약한 바람에도 이리저리 흔들리는 사람이에요. 그동안 불안감이 가득한 채로 지내왔다는 걸 이제는 나 스스로가 알아줘야 해요. 외로움은 내가 나를 몰라줄 때 생기는 마음의 일렁임이에요.

이불의 따스한 품에 안겨 눈과 코가 빨개지고 몸이 떨릴 만큼 목 놓아 울어요. 서럽게 울어요. 그 지난한 세월 속에서 '여기까지 온 게 어디야.', '이 정도면 잘 살아온 거야.', '충분히 잘해왔어.'라고 칭찬해줄 만해요. 나에게 여태 잘 버텨와줘서 고맙다는 마음을 전해줘요. 앞으로는 내 마음부터 보살피고 지켜줄 거라고, 누구보다 날 위해줄 거라고 토닥토닥 다독여주세요.

행여나 훌쩍이는 소리가 다른 이의 깊은 잠을 깨울까 가련한 염려 속에 숨죽여 울지 말고 밤사이 다른 이의 인기척이라도 들을 수 있게 참아왔던 울음을 터뜨려보세요. 비로소 스스로 나란 사람을 이해하고 알아주는 시간이에요. '나에겐 내가 가장 소중하구나.' 그 말의 참된 의미를 마침내 찾을 수 있을 거예요.

마음의 응어리를 말끔히 비워내고서 고즈넉한 밤이 품고 있는 빛과 소리를 감상해보세요.

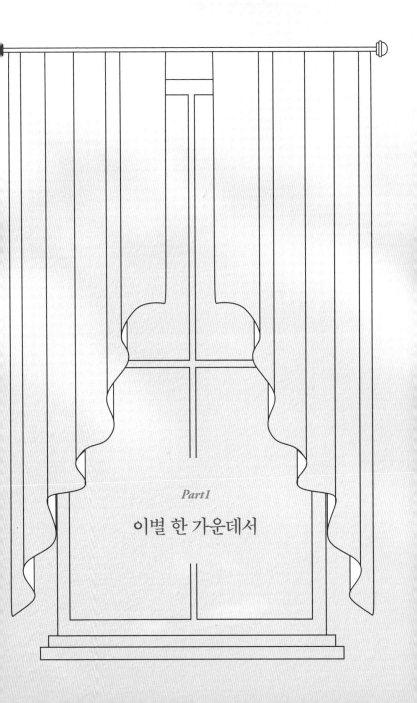

Part1

이별 한 가운데서

이별한 사람을 위로하고자 할 때

무슨 일이 있든지 나는 늘 네 뒤에 있을 거라고,
앞으로 너는 훨씬 더 단단해질 거라고
곁에서 그를 지지해주세요.

이별을 한 사람에게는 이별의 여운이 묻어 있어요. 모두
가 그런 건 아니었어요. 사소한 감정에도 깊게 고민한 흔적
이 보이는 사람, 자신에게 다가오는 한 존재에 대해 늘 감사
할 줄 아는 사람에게서 느낄 수 있었죠.

이별이 남긴 여운은 당사자만 느낄 수 있는 것이 아니더

군요. 그를 바라보는 제3자에게도 느껴졌어요.

평소 당당하고 멋진 친구가 유난히 여린 모습을 보이는 날이에요. 엊박의 날숨으로 이별을 맞이했다 말을 꺼내요. 괜찮냐는 단순한 말조차 건네기 어려워요. 그 순간의 침묵을 꽤 오랜 시간 느껴야 했어요. 입가에는 떨떠름한 미소가 앉아 있고, 미동 않던 어깨가 들릴 듯 말 듯한 한숨으로 겨우 살아 움직여요. 떠나간 이의 체취가 공기 중에 배어 있기라도 한듯 연신 주위를 둘러봐요. 나와 눈을 맞추다가도, 잠시 쉴 틈이 생기면 멍하니 한 곳을 응시하는 모습이 아직도 눈에 선해요. 그가 눈의 초점을 되찾을 때까지 앞에 놓인 커피잔을 어루만지며 그의 안색을 살펴야 했어요.

얼마나 깊은 사랑을 했을까. 얼마나 오랜 시간 마음에 품었던 걸까. 앞으론 또 얼마나 그 여운과 함께 살아갈까. 그의 숨결에서 먹먹함을 느껴 내 마음도 같이 아려왔어요. 사랑을 할 줄 아는 사람으로 보였어요. 단연코 사랑을 해본 사람이었어요. 한동안 그 친구를 유난히 부러워했던 기억이 있네요.

내 친구가 마음 앓이 하는 이 상황에 화가 나고 내 앞에서 울고 있는 친구를 향해 마냥 위로만 건네기보다, 정신 잃지 말라 혼을 내고 싶기도 해요. 더불어 그에게 이별을 고한 사람을 맘껏 욕하고 싶기도 하죠.

그러나 내 친구를 위로하기 위한 사소한 한마디일지라도 그가 만났던 사람을 향해 쏟는 비난은 사람마다, 같은 사람이라도 때에 따라 다르게 받아들여져요. 내 일에 나보다 더 열을 내주는 존재, 그만큼 내 마음에 깊이 공감해주는 존재가 있음에 고마움을 느끼고 잠시 속이 후련한 때도 있을 거예요. 하지만 마음 깊은 곳에선 그렇지 않을걸요. 지나간 인연일지라도 내게 더없이 소중했던 사람이 괜히 듣지 않아도 될 미운 소리를 들은 것만 같죠. 또한, 그 순간엔 진솔한 위로에 힘을 얻다가도 행여 그와 내 이야기가 얼굴도 모르는 이들 사이에서 가십거리가 되진 않을까 염려스러운 마음에 집으로 돌아가는 길이 편하지만은 않을 거예요.

친구의 원망 서린 감정에는 성급히 동조해주지 않아도 돼요. 숨이 벅찬 상태를 제 스스로 못 이겨서 토해내듯 뱉는 말이에요. 그저 다시 호흡이 잔잔해질 때까지 옆에서 중심을 잡고 있어주세요. 그 마음에 공감해주기만 해도 괜찮아요. "네가 참 많이도 좋아했는데.", "좋은 사람들끼리 만났었잖아.", "아파해도 돼." 그렇게 한 번 더 헤아리고 쓰다듬어주길 바라요. 무슨 일이 있든지 나는 늘 네 뒤에 있을 거라고, 앞으로 너는 훨씬 더 단단해질 거라고 곁에서 그를 지지해주세요.

그럼 몇 달이 지나 다시 만났을 때, 한층 밝아진 얼굴로 나를 맞이하는 친구를 볼 수 있을 거예요. 그날과 같은 자리에 앉아 "나 이제 진짜 괜찮아졌어."라고 말해요. 자신만의 고독한 시간 속에서 애써 스스로를 다독여온 고생의 흔적이 느껴져요. 몇 번이고 스스로에게 손을 내밀며 일으켜 세우길 반복해왔을 거예요.

그때 지나간 일을 자꾸 들추어내서 괴롭히지는 마세요. "잘 헤어졌어.", "그 사람이 정말 나빴어." 혹은 "네가 많이 아까웠지." 이미 벌어진 일에 내 말 한마디 더하는 게 무슨 의미가 있을까요. 제3자인 내가 그들의 만남과 삶을 평가하지 않아도 돼요. 당사자의 생각이 중요하고 그들의 결정이에요. 이별을 받아들이기로 한 선택은 물론 첫 만남의 선택도 친구의 것으로 존중해주는 거예요. 묵묵히 지켜봐 주고 앞날을 응원해주세요.

실제로 그가 괜찮아졌는지 여부는 사실 그렇게 중요하지 않아요. 상대방도 위로나 조언을 바라기보다 싱긋 웃으며, "보기 좋다." 그렇게 자신을 지지해주는 모습을 원할 거예요. 이제 괜찮아졌다고 말할 수 있다는 건 지금까지 노력해왔다는 걸 증명하니까요. 그러니까 지금 잘하고 있다고, 잘 견뎌내고 있다고 북돋아주는 게 어떨까요? 지금 그에겐 스스로에 대한 확신이 필요한 순간이에요.

한 사람이 사랑을 했는지 아닌지는 사랑할 때의 모습에서보단 사랑을 끝낸 후의 모습에서 여실히 드러나더군요. 열심히 사랑해온 이들을 보며 한 번 더 용기 내어 사랑을 꿈꾸곤 해요. 다행이에요. 흐릿했던 그의 눈빛은 어느 때보다 또렷해졌고 어깻짓은 그의 숨과 함께 생생히 살아났어요.

곁에 이별을 맞이한 이가 있다면 지금 당장 괜찮아질 필요 없다고 전해주세요. 중간중간 감정의 굴곡을 적나라하게 드러내더라도 굳건히 지지해주세요. 힘내줘서, 꿋꿋이 버텨줘서 기특하고 고맙잖아요. 지금 잘하고 있다고 응원해주세요.

때로는 나를 위한 이별이 필요해요

그에 대한 원망인 줄로만 알고 있었는데,
시간이 흐르고 나서 보니 그 원망의 중심엔
스스로를 향한 실망이 자리하고 있었어요.

그 사람만 보면 모든 게 채워지는 느낌이고, 그 사람만 내
곁에 머물러준다면 이 세상을 살아갈 이유를 찾은 것 같은
만남을 가져본 적 있나요?

심지어 나에게 참 무심해서 자주 서운하게 만드는데도 내
눈앞에 있는 그 사람이 그저 좋아요. 결국엔 '내가 아직 그

사람을 잘 몰라서', '내가 오해해서'라며 책임을 나에게 돌리기도 하고요. 혼자 울고 지치기를 반복하는 와중에도 나를 향한 배려와 애정 하나 건져내면 금세 안심하고 어린아이마냥 배시시 웃음 지어요.

자주 내가 사라지는 듯한 기분이 들었지만 내가 갖는 의문을 예민한 탓이라, 유난스러운 탓이라는 말로 다독여왔어요. 그러는 동안에 나 자신이 어떤 사람인지, 어떤 대우를 받아야 하는지 나조차 까마득히 잊어버렸더군요. 내 생각과 가치관이 흔들리고 일상도 고유의 색을 잃은 지 오래였어요.

내가 가진 사랑으로 그와 나 사이의 모든 일들을 거뜬히 인내할 수 있을 거라고 생각했나 봐요. 아닌 건 아닌 거라고 내 주관을 분명하게 밝히고, 적당히 미워도 해봐야 하는데 상대방을 무작정 품으려다 본연의 내 모습을 완전히 잃었던 거예요. 비단 연인 관계뿐만 아니라 사람과 사람이 만나는 어떤 상황에서든 마주할 수 있더군요.

이런 일을 내가 가장 아끼는 사람이 맞닥뜨렸다면 나는 그에게 무어라 말했을지, 당장에 어떤 행동을 취했을지 고민해보면서 상황을 바라보는 관점이 뒤바뀌기 시작했어요. 관계에 임하는 상대방의 태도에 대해 옳고 그름을 논할 게 아니라 '나'를 잃어버린 삶에 대한 경각심이 필요한 순간이었어요. 내가 스스로를 얼마나 위하고 사랑하는가의 문제더라고요. 매 순간 상처와 스트레스에 허우적대면 그날 하루 내가 해야 할 일에, 혹은 하루 이상 내 계획에 집중하기 어려워지죠. 내 삶 속에서 이루어내야 하는 다른 일들에 쏟을 에너지가 소리 없이 고갈되는 거예요. 그렇게 지친 상태에서 그를 마주하면 또 쉽게 풀리지 않을 문제들이 한가득 쌓여가죠. 악순환이에요. 결국, 나를 위해 이 관계를 놓아주기로 했어요.

　겨우 이별을 결심한 뒤로는 원망스러운 감정이 끊이지 않더군요. 그에 대한 원망인 줄로만 알고 있었는데, 시간이 흐르고 나서 보니 그 원망의 중심엔 스스로를 향한 실망이 자리하고 있었어요.
　'아, 그땐 이렇게 했어야 했는데.'
　타인이 내게 상처를 주도록 그대로 내버려둔 과거, 나 자신에 대한 후회와 미련, 내 삶이 그렇게 흘러가도록 오랜 시간 바로잡지 못한 데에 대한 분함이 깃들어 있더군요.

그 사람을 원망할 필요가 없었어요. 내 삶에 대한 주인의식 없이 오직 사람을 의지하다가 스스로 몰락의 단초를 제공한 셈이니까요. 아이러니하게도 나 자신을 내 삶으로부터 소외시키며 지내왔어요. 그러다 보니 나를 지킬 수 있는 양분마저 타인에게 내어주기를 반복해왔던 거예요. 그저 타인이 이끄는 대로 사는 삶은 결코 평화롭지 않았어요.

내가 추구하는 가치를 발견하고 기준을 세워 삶을 주도하는 것, 외부의 평가에 굴하지 않고 계속해서 성장하는 것, 그것이야말로 진정한 자유를 의미하더군요. 내 고유의 삶과 심지 굳은 목소리를 되찾았을 때, 비로소 자유로워질 수 있었어요.

잃어봐야 소중함을 안다는 말은 그 무엇보다 내 자유를 두고 하는 말이었어요. 삶의 주체성을 되찾으라는 내 안의 신호를 마침내 받아들이기 시작하고부터는 상대든지, 과거의 나이든지, 누구를 미워하고 탓하는 데에 내 귀한 시간을 할애하고 싶지 않더군요. 오로지 나를 찾아가는 길에 집중했어요.

　과거를 후회하며 자책하는 데에 몰두하는 삶이 아니라 앞으로의 나날에 책임지는 삶을 살아가려 해요. 내 삶에 대한 책임감으로 한 번에 하나씩, 차근차근 나를 다시 찾아가는 거예요. 누군가로 인해 살아가는 삶에서 벗어나 온전히 내 힘으로 삶을 운영해가기로 다짐했어요. 더 이상 내 감정을 등한시하지 않아요. 나라는 사람의 가치를 알아갈 기회는 스스로 지켜내고 더는 타인과 상황에 휘둘리지 않기 위해 허술했던 기준을 촘촘히 바로 세우고 있어요.

　스치듯 지나가는 생각들을 신념으로 구체화하고 내가 느낀 감정을 나의 언어로 꺼내보면서 자신의 세계를 견고히 할 수 있어요. 나만이 할 수 있는 일이에요. 내가 가진 힘에 대한 믿음과 나에 대한 진정한 이해를 바탕으로요. 자신의 생각과 고민, 감정 하나하나를 믿고 독려해주세요. 자신에게 진정 어울리는 인생이 무엇인지 스스로 고민하고 판단하는 독립적인 주체로서 나아가요.

떠올리기 싫은 사람이 분명한데

사랑을 받았는지, 사랑을 잃었는지보다
나 자신이 누군가를 사랑했다는 경험이
더 중요하니까요.

'나에게 처절한 고통을 안겨준 사람인데도 나는 왜 여태 그를 떠올리고 있는 걸까요?'

분노와 배신감에 벌떡 일어나게 되는 날이 있는가 하면, 도통 옅어지지 않는 그를 향한 감정을 발견하고서 스스로가 한심해 보이기까지 하는 날이 있죠.

누군가를 좋아하는 마음이 그렇게 쉽게 잠잠해질 리 없어요. 나에게 상처를 준 존재는 미워하고 멀리해야 한다는 통념이 있잖아요. 하지만 아직 내 마음은 그렇지 않은데 한 사람을 좋아했던 그 예쁜 마음을 버리려고 애쓰지 않기를 바라요. 충분히 토닥이고서 천천히 놓아줘도 되니까요.

우리가 친구를 볼 때나 스스로를 관찰할 때, 심지어 부모님께서 나를 떠올리실 때도 하나의 감정만 느끼지는 않잖아요. 좋으면서도 서운하고, 밉다가도 애틋함이 물씬 밀려와요. 내 자식이지만 어쩔 땐 꼴 보기 싫다가도 금세 또 사랑스럽다고 하죠. 한 사람에게 상반되고 복합적인 감정이 드는 건 사람마다 정도는 달라도 자연스러운 일이에요.

지금은 단지 감정의 차가 커서 스스로 감당하기 어렵다는 생각이 드는 거예요. 그 사람에게 남은 애정 때문에 섣불리 용서하려고도, 받은 상처 때문에 자기 감정을 애써 부정하려고도 하지 않았으면 해요. 서둘러 감정을 정리하려고 할수록 마음은 더 불안정해져요.

그의 잘못은 잘못대로, 내 남은 마음은 그것대로 어느 한

쪽도 부정하지 마세요. '그렇기에 더 이상 나아갈 수 없는 사이구나.', '같은 일이 반복되어선 안 되겠구나.' 그렇게 차근차근 마음을 다져가길 바라요. 사랑을 받았는지, 사랑을 잃었는지보다 나 자신이 누군가를 사랑했다는 경험이 더 중요하니까요. 자신의 진심이었던 마음에 대해 슬퍼하는 시간을 넉넉히 가져보세요.

감정에는 선악의 구분이 없잖아요. 그런데 종종 상대적으로 어두운 감정은 풀어내기보다 감추고 억누르려고 해요. 좀 더 밝은 감정을 좇아야 한다는 생각에 감정의 응어리를 키우며 스스로를 괴롭히고 있는 건 아닐까요?

특히 이별 후에 마주하는 감정은 지금이 아니면 다시 느끼기 어려운 감정이에요. 몇 번의 이별을 거듭한다 해도 각각의 이별 후에 겪는 감정이 동일할 순 없어요. 자꾸만 감정을 숨기고 외면하는 환경에 익숙해지면 감정에 둔해져서 나스스로 느낄 수 있는 것이 점점 사라져요. 지나고 나서 보니 고통에 몸부림칠 때보다 아무 감정도 느껴지지 않는 그 시간이 더 무서운 기억으로 남더군요. 내 안에 무언가가 죽은

느낌이 들었거든요.

고스란히 받아들이면 순리대로 흘러갈 감정들에 애써 내 의지를 개입하지 않으려 해요. 억지로 보내려고도, 붙들지도 마세요. 아픔과도 부대끼며 사는 것이 삶이더군요. 감정이 느껴지는 데에는 나름의 이유가 있을 테니까요. 우리에게 찾아오는 기쁨, 뿌듯함, 설렘의 감정뿐만 아니라 슬픔, 분노, 괴로움, 후회 그리고 고독과 같은 감정들도 그대로 존중해주세요. 내 마음에 충분히 머물다간 감정이야말로 미련 없이 보내줄 수 있어요. 그런 감정들이 때로는 우리가 살아 있음을 실감케 해줘요.

주변 이들의 따뜻한 품에서 토로하며 실컷 울음을 터뜨릴 수도 있지만, 글로 털어놓고 감정의 추이를 살펴보는 방법도 좋아요. 우두커니 나 혼자서 온 감정을 마주하고 싶은 순간이 있으니까요.

그럴 땐 하루하루의 감정 일기를 쓰면 감정을 해소하는 데에 도움이 돼요. 문장이 유려할 필요는 없어요. 마구잡이로 올라오는 감정들을 어떤 형식에도 얽매이지 말고 나열하

듯 기록해보세요. 기억 속에서는 불분명하게 느껴졌던 감정들이 또렷이 글로 적히니 확실히 다르더군요. 차곡히 쌓인 기록만큼 긴 시간을 잘 살아냈다는 보람도 느껴지고, 조금씩 상황을 긍정적으로 바라보게 되는 내면의 변화를 객관적으로 확인할 수 있을 거예요. 잔잔해져가는 감정의 파동을 눈으로 확인해보세요.

이제 다 괜찮아졌다 싶을 때, 얼마 안 가 또 한 번 흔들리고 좌절하는 날이 올 거예요. 그때 당황하지 말고 그럴 줄 알았다고, 이런 순간이 몇 번은 더 찾아올 줄 알았다고 넉넉하게 받아들일 수 있기를 바라요. 영화나 드라마를 보는 도중에 순간 그 사람과 내 모습이 오버랩 되어도, 겨우 다잡은 내 마음을 난데없이 또 헤어진 다음 날로 데려다 놓아도, 난 이미 그럴 줄 알고 있었다고 마음껏 울고 아파하며 그 시기 또한 잘 보내길 바라요. 언젠가 정말 마음이 고요해지는 때가 오니까요.

사람을 사람으로 잊어도 될까요

영화 〈How To Be Single〉에선
"혼자가 되는 순간이 오면,
완전히 혼자가 되어보아야 한다."라고 말해요.

"사람은 사람으로 잊는 거야."

이 문장을 마음 가까이 가져올 때, 괜스레 서글픔이 묻어
나는 건 저뿐일까요? 한 시절, 내 마음에 고이 품었던 사람
과 함께한 날들에 대해 온전히 슬퍼할 시간을 가질 수 없다
는 생각에 가슴 아프더군요.

새로운 사람과의 익숙한 듯 낯선 설렘으로 마음속의 빈 공간이 메워지는 듯싶다가도 듬성듬성 차오르는 그리움에 두 사람의 모습이 교차될 거예요. 전에 만났던 사람이 차곡차곡 잊혀진다면 새로운 만남도 하나의 사랑으로 자리 잡아갈 수 있죠. 그러나 그렇지 않으면 꼬리에 꼬리를 물듯 크게 나아지는 것 없는 비슷한 연애사가 되풀이되곤 해요.

　각자 자신만의 이별과 슬픔을 극복하는 방식이 있는지라 사람을 사람으로 잊으려는 걸 비난하고 싶지는 않아요. 새로운 사람을 만나도 괜찮은 시기란 누가 정할 수 있는 것도 아니고요.

　그러나 혼자인 상태를 견디는 일이 막막해 도피성 연애를 택하지 않았으면 해요. 단순히 혼자가 되는 게 두려운 건 아닐 거예요. 정작 겁이 나는 건 고요한 가운데 잇따르는 '나'에 대한 근원적인 물음이죠. 자신의 삶을 들여다보는 것에 익숙지 않았으니까요. 마지막으로 나 자신에게 질문을 던진 적이 언제였나요?

　'나는 무엇에 실망하는가?'

'내가 진정으로 중요하게 여기는 가치는 무엇인가?'

'그 가치를 지키기 위해, 나는 어떤 삶을 살아갈 것인가?'

지금은 나 자신을 직시해야 할 때예요. 분명 부담되는 일이지만 외면하고 미루다 보면 내게 드리우는 그림자는 점점 더 커지고, 삶 곳곳에서 스스로를 잘 알지 못해서 비롯되는 비슷한 과오들이 되풀이되고 말아요. 언젠가는 걷잡을 수 없는 공허함에 사로잡힐 거예요.

내 삶의 기준이 두루뭉술할 때, 내가 타인으로부터 받는 상처도 있었지만 내가 타인에게 남기는 상처와 실망도 크고 잦았어요. 우리 서두를 것 없잖아요. 나라는 사람에 대해 좀 더 탐구하고, 새로운 만남까지 조금 더 긴 호흡으로 걸어갔으면 해요.

이별 후, 잃어버린 '나'를 다시 찾기까지의 짧지만 긴 여정을 그린 영화 〈How To Be Single〉에선 "혼자가 되는 순간이 오면, 완전히 혼자가 되어보아야 한다."라고 말해요. 사실, 혼자이고 싶어도 온전히 혼자가 되기는 쉽지 않잖아요. 내가 맺고 있는 관계에 대한 책임감, 나도 모르게 의지하게 되는 SNS와 같은 것들이 혼자가 되는 걸 방해하죠. 이로부터 독립하고자 노력해보세요. 기울어 있던 마음의 균형을 되찾기 위해서는 어떤 관계에도 매이지 않는 게 중요해요.

　오롯이 내 시간에 집중해보아요. 떠나간 사람이 돌아올까 말까 점치는 시간 말고, 앞으로 만나게 될 인연에 대해 불안해하거나 기대하는 시간 말고, 내가 바라는 행복은 어떤 것인지, 꿈꾸는 미래는 어떤 모습인지, 또 내가 원하는 것은 무엇인지 고민하고 발전시키는 시간을 가져보세요. 자기 자신을 잘 알지 못하고, 스스로에게 떳떳하지 못하다면 아무리 근사한 사람을 만나더라도 결코 이로운 영향을 줄 수 없고, 행복도 오래가지 않을 거예요.

　처음 이별을 맞이한 순간에는 그저 멍하게 시간을 보냈던 기억이 나요. 비교 대상도 없었죠. 거듭 이별을 겪은 후 얻은 가장 귀중한 것은 바로 나 스스로를 돌아보는 법이었어요.

　내 모습이 부끄러워 회피하고 싶은 때도 있었고 자책에 빠진 순간들도 있었지만, 반드시 겪어야 하는 시간이었어요. 먼저 힘을 빼고 겸허히 받아들여 보세요. 눈앞에 보이는 것에만 급급해하다 정작 내 삶에서 놓치고 있던 것은 무엇인지, 부단히 되풀이해온 과오는 무엇인지, 지금 내게 가장 중요한 것, 내 감정과 시간 그리고 체력을 진정 어디에 쏟아야 하는지가 선명하게 보이기 시작할 거예요.

책임지고 받아들이기. 나 자신과 약속하기.

이 일련의 행위를 시작부터 끝까지 겪어보고 나니 나 자신에 대한 굳건한 믿음이 생기더군요. 이제는 내가 이 비슷한 상황을 어느 정도 스스로 타파할 수 있다는 믿음 말이에요. 내가 무얼 하고 있는지, 어떤 상태에 놓여 있는지, 내 현주소를 정확히 파악하고 있는 것은 어떠한 성취를 달성하는 것보다 나 자신에게 강한 확신을 가져다주었어요. 더불어 나 자신에게 집중하고 있으면 그게 무엇이든 이 또한 지나가리라는 것을요. 덕분에 새로운 만남에 대한 두려움도 사라졌어요. '이제는 내가 나를 믿고 앞으로 나아갈 수 있구나.' 그렇게 나 자신과 깊은 유대 관계를 형성할 수 있었어요.

끊임없이 이어지는 만남, 그리고 해야 하는 일들 속에서 미루고 미루다 잠식당하기 전에, 자신을 돌아보고 새로운 내 모습을 찾고 격려해주는 시간을 가져보아요. 그 과정으로부터 얻은 소소한 기쁨과 행복을 다시 주변과 나누기를 반복해가는 삶, 그런 삶이 마음에 들어요.

최선을 다했는데 왜 미련이 남는 걸까요

어태 절절한 감정에 애끓느라
몸도 마음도 지친 자신에게 먼저 위로를 건네요.

후회 없이 사랑에 임하면 미련도 남지 않는다고 해요. 그런데 헤어진 지 일 년도 훨씬 지난 지금, 여전히 생각나고 그리워요. 이쯤 되니 이 감정은 미련이 아니라 사랑인 것 같아요. 혹시나 하는 터무니없는 기대를 하면서 한 달이고 일 년이고, 예상과 다르게 비워내기까지의 시간이 길어지는 것 또한 흔한 이별 후의 모습이더군요.

　우리가 무언가에 감정과 체력을 쏟고 나면 집에 들어서자마자 다리의 힘이 탁 풀려서 곧바로 침대 위에 쓰러지고 말잖아요. 뒤이어 며칠 간 후유증이 계속되고요. 이별도 마찬가지죠. 아마도 사랑을 하면서 자신의 손을 뻗을 수 있는 데까지 닿아보려 무수히 노력했기 때문일 거예요.

　'내가 참 열심히도 마음을 쏟았었구나.'

　만약 내가 관계에 최선을 다하지 못했다면 여전히 후회하고 있을 거예요. 그런데 내가 그 관계에 최선을 다했기 때문에 그리운 감정이 드리우는 것이더라고요.

　헤어지고 난 뒤, 자기 자신을 먼저 위로하고 달래줘야 하는데, 어떤 이들은 너무나 자연스럽게 상대방을 걱정해요. 나는 내 몫의 슬픔만 감당하면 돼요. 상대방의 뒤늦은 후회와 그가 느끼는 고통까지 끌어와서 대신 아파하거나 변명해줄 필요는 없어요. 그러지 말고 여태 절절한 감정에 애끓느라 몸도 마음도 지친 자신에게 먼저 위로를 건네요. 나 자신도 좀 아껴주세요. 아픈 데는 없는지 물어보고, 밥도 잘 챙겨

먹이고, 잠도 제때 충분히 재우면서요.

그동안 애쓴 자신에게 보상을 해주었으면 해요. 물질적인 것이든, 정신적인 것이든 다 좋아요. 나와 성장을 함께할 화분을 가꾼다든지, 주저 없이 심리 상담을 받으러 가든지요. 가까운 곳으로 여행을 떠나거나 봉사를 하는 분들도 보았어요. 나에게 알맞은 스트레칭 루틴을 계획하고 실천해보는 것도 좋고요. 자격증이나 외국어 공부처럼 새로이 열정을 쏟을 대상을 찾아보세요. 새로운 환경 속의 나를 발견하고 지속적으로 몸과 마음을 건강하게 만드는 활동이 삶에 스며든다면 머지않아 잃어버린 활력을 되찾을 수 있을 거라고 믿어요. 그에 따라 그리움도, 후회도 차차 사그라들 거예요.

주고 싶어도 주는 법을 몰라서 마음속으로 끙끙 앓는 이들이 허다한데, 주는 사랑을 할 수 있다는 자체가 큰 자랑이에요. 이번 사랑의 끝에서 우리가 기억해야 하는 건, 최선을 다해 예쁘게 사랑했다는 사실, 자신이 사랑을 '줄 수 있는' 사람이기 때문에 느낄 수 있는 뿌듯함과 자부심이에요. 내 마음에 솔직한 사람이 가장 용기 있는 사람이죠.

그러니 지난 시간을 억울해하는 일은 없었으면 해요. '더 많이 사랑하는 사람이 을이고 약자'라는 말에 내 사랑을 옭아매지도 말고요. 상처받지 않으려 몸을 사리고 상대방이 주는 만큼만 주겠다며 한사코 아끼다가 괜찮은 인연을 놓치고 후회하게 될지도 몰라요.

사랑이라는 감정에 충실했다고 말하려면 상대방에게 마냥 잘해주고 맞춰주기만 할 게 아니라 내가 원하는 사랑을 요구할 줄도 알아야 해요. 비단 물질적인 것만을 의미하지 않아요. 일상의 작은 배려들이요. 나의 안부를 묻고 하루의 계획을 궁금해하는 모습부터 내가 서운한 이유를 차분히 들어주고 공감해주는 모습, 어깨가 축 처진 날엔 응원해주고, 사소한 한마디도 오래 기억해주며, 자존심 세우지 않고 먼저 고맙다고, 미안하다고 말할 줄 알고 그리고 따뜻한 대화로 하루를 마무리 짓는 모습을 원하진 않았나요?

사랑을 하고 있는 나에게도 충실해보아요. 내가 진정으로 사랑하는 사람과 함께 해보고 싶었던 일, 그리고 자신이 정말 좋아하는 일이 무엇인지, 상대방의 이야기를 궁금해하는 만큼 나에게도 묻고 또 물어보세요. 주는 사랑에 기쁨과 충만을 느끼는 스스로의 모습이 보고 또 보아도 대견할 테지만, 나 자신 또한 사랑받아야 하는 존재임을 잊지 마세요.

지난 사랑의 설움에 섣불리 마음의 문을 닫기보다 강인하게 남은 날들을 행복한 기억으로 만들어가요. 내가 베푼 배려와 사랑에 대해 고마움을 잃지 않는 사람, 그런 귀한 인연이 곧 찾아올 테니까요.

적적한 마음 위로해가면서 그렇게 지나 보내니 벌써 이렇게 많은 시간이 흘렀어요. 불쑥불쑥 튀어나오는 가슴 아린 감정들을 호되게 다그치지 않고 잘 달래서 보내준 것 같아요. 누군가 와서 그만 일어나라고, 이제 잊어버리라고 함부로 권할 수 있는 시간은 아니더군요.

완전히 회복되기까지 걸리는 시간은 저마다 차이가 있지만 괜찮아지는 순간은 분명히 와요. 긍정 에너지와 활력이 느껴지는 주황빛 메리골드의 꽃말처럼, 이별의 슬픔 뒤에는 '반드시 오고야 말 행복'이 기다리고 있어요. 잘 이겨낼 거예요, 당신은.

떠나간 사람을 기억하는 방식

함께한 시간 속에서 무언가 배울 수 있었다면,
그것으로 우리의 인연은
가치 있다고 말할 수 있지 않을까요?

'사랑으로 만나지 않았더라면….'

너무 아픈 사랑이라 사랑이 아니었기를 바라본 적 있나
요? 현실을 부정하며 이 고통스러운 시간이 하루빨리 지나
가기를 염원하면서요.

당장은 아득하고 막막해 두려운 걸 거예요. 너무 아픈 사

랑은 때맞춰 찾아온 경험이라고 생각해요. 그만한 힘을 가진 사랑이어야 내 한계를 알아볼 수도 있을 테니까요. 아픈 기억도 마주할 용기만 가진다면 물결 위로 반짝이는 윤슬처럼 나를 더없이 빛나게 만들어줄 거라 믿어요.

 아픈 경험은 아픈 것이지 나쁜 게 아니었어요. 같은 아픔도 내가 어떻게 받아들이고 기억하느냐에 따라 그저 괴로운가 하면, 나를 한 단계 성장시킬 수도 있더군요.
 어떤 형태의 만남이든 만남의 끝에선 단순히 잘잘못을 가려낼 게 아니라 내가 보낸 시간 속에서 삶의 메시지를 고심해봐야 해요. 어떤 일이 벌어지면 그때만 신경 쓰지, 상황이 종료되고 나면 문제의식이나 개선 의지가 흐려지기 마련이잖아요. 휘몰아치던 감정이 어느 정도 가라앉고 이별의 여운이 아직 가시지 않은 이때야말로, 지난 만남을 반추해보고 내 삶에 도움이 되는 메시지를 찾아내기에 가장 적절한 타이밍이에요.

 연인이든지 친구든지 하나의 인연을 마무리 짓고서 가장

위로가 되었던 것은 내가 더 나은 생각을 가지게 됐다는 점이었어요. 내가 성장하고 있다는 사실로 마음속 상처가 회복되더군요. 그것만큼 다행인 일은 없더라고요.

아픈 경험도 삶의 교훈으로 치환하면 마음의 건강을 지키는 데 큰 도움이 돼요. 삶의 방향도 배움과 성장 쪽으로 움직이고요. 저는 지난 시간을 통해, 생각을 말하는 것을 어려워했다는 걸 알았어요. 그리고 상대방이 제가 베푼 배려와 사랑을 당연하게 여기면 저 또한 언제든 뒤돌아설 수 있고, 반대로 내가 상처받지 않으려고 꽁꽁 닫은 문 앞에는 기다리다 지쳐 떠나가는 사람도 있다는 걸 깨달았어요.

지난 경험을 모두 헤집어보아도 도무지 괜찮은 메시지를 찾을 수 없나요? 이별 자체로 한 사람을 보내주는 법, 내 감정을 추스르는 법을 배우고, 내 안의 불안과 아픔을 들여다보는 계기가 될 수 있어요.

사람을 받아들이고 기억하는 방식에도 변화를 꾀해보세요. 좋은 사람과 나쁜 사람이 따로 있다기보다는 내가 상대방을 어떻게 생각하는지에 따라 한 사람이 다르게 기억되는 것이더군요.

한 번 본 영화도 관점과 시야의 변화에 따라 대사 한마디의 울림, 배우의 눈빛에 담긴 감정 그리고 이야기가 품은 의미가 다르게 느껴지기 마련이에요. 그러니 지금 나와 있었던 일들만으로 혹은 주위로부터 들은 말만으로 한 사람을 정의하는 습관은 이만 멀리해요. 몇 년을 함께한 사이든 서로를 잘 안다고 말하기에 결코 충분한 시간은 아니었을 거예요.

더불어, 누구든 모두 지금의 모습으로 굳어지는 게 아니라는 걸 기억해뒀으면 해요. 사람은 누구나 자신의 문제와 한계에 부딪히며 지난 시간보다 조금 더 잘 살아내려고 노력하는 존재니까요. 나와 타인에게 책망만 남기지 마세요. 그때는 그럴 만한 이유가 있었을 거예요. 한 번은 내 입장에 서서, 또 한 번은 상대의 입장에 서서 주거니 받거니 생각을 하다보면 자연스레 너그러운 마음을 얻을 수 있어요.

나와 다른 한 사람의 삶을 곁에서 들여다볼 수 있다는 건 인생의 큰 축복이라고 생각해요. 그 가운데서 상대방의 진가를 눈과 마음에 담아오는 건 내 몫이에요. 지금 내 곁에 있는 사람, 앞으로 만나게 될 인연을 더 큰 그릇에 담고 싶다면 보다 더 넓은 시야로 사람과 세상을 관찰해보세요. 사소한 것 하나까지도 더 깊고 진하게 말이에요.

단 한 번의 소중한 삶에서 이런 생각을 품을 수 있었던 건 한 사람을 향한 애정이 있었기 때문이에요. 그를 한 번 더 헤아리고자 했던 노력이 나를 성장시킨다는 건 겪을수록 경이로워요. 아픈 기억도 많았지만 그만큼 그에게 참 고맙더군요.

내 삶에 잠시나마 다녀간 이들도 나와 함께한 시간 속에서 무언가 배울 수 있었다면, 그것으로 우리의 인연은 가치 있다고 말할 수 있지 않을까요? 누군가에게 고마운 기억까지는 아니더라도 어느 면에서는 가치 있는 기억이 되었으면 해요.

그 사람의 마음은 딱 거기까지였나 봐요

당신의 곁을 지키는 그 자체로 의미가 있으니,
내가 필요한 곳이 있다면 주저하지 말고
언제든 나를 믿고 불러주기를 바란다고.

"더 이상 잘해줄 자신이 없어."

"지금 내가 연애할 상황이 아닌 것 같아."

나를 향한 마음이 진심이라면 떠나가기보다 꼭 붙잡고서
함께 극복하려고 한다던데, 하며 상대방을 원망하고 있나
요? 상대방이 고심 끝에 내린 결정을 두고 '그래, 마음이 딱

그만큼이었던 거야.'라고 낙인을 찍으면서요. 그 방식이 상대방에 대한 남은 마음을 말끔히 단념하는 데는 수월할지도 모르겠어요.

실제로 마땅한 이별 사유를 찾지 못해서 자신의 편의를 위해 그럴듯한 핑계를 대는 이들도 분명 있어요. 그러나 모든 사람이 그렇지는 않아요. 이별의 책임을 오로지 나에게 두어 과도한 자책에 빠지는 일은 없어야겠지만, 반대로 내 미숙함은 전혀 돌아보지 않고 상대방에게 모든 책임을 전가하는 태도 또한 지양하는 게 좋아요. 상대방의 마음을 진심이다, 아니다 판가름하기 시작하면 끝이 없죠. 끝없는 굴레에서 나와 '나는 그에게 어떤 사람인지' 한 번쯤 되짚어보는 게 어떨까요?

사실은 대화를 하고 싶은 걸 수도 있어요. 같은 상황도 사람마다 받아들이는 무게가 다르고 부릴 수 있는 여유와 능력이 달라요. 주변의 관심과 지지를 받으며 함께 위기를 헤쳐 나가는 법에 익숙한 사람이 있는 반면, 여태 혼자서 모든 걸 감당하는 방식으로 이겨온 이들도 있어요. 상대방의 마음을 지레짐작하기에 앞서 서로 위기를 극복해온 경험과 방식이 다름을 받아들여 보세요.

　사랑하는 사이라면 솔직하게 자신이 처한 상황을 구체적으로 설명하고 상대방의 양해를 구하는 것이 아름다운 모습이겠지만, 그걸 어려워하는 사람이 있다면 먼저 다가가 용기를 건네보세요. 위기를 함께 극복해보자고 진정성이 담긴 내 마음을 전해본다면, 비록 관계의 끝이 달라지지 않는다 하더라도 이후 서로를 기억하는 모습은 다를 수 있을 거라고 봐요.

　누구나 인생에 그런 시기가 적어도 한 번쯤은 찾아오잖아요. 스스로 가보지 않은 길을 앞두고 두려움을 느낀다거나 문제를 어디서부터 어떻게 해결해야 할지 몰라 쉽게 터놓지 못하는 상황말이에요. 그럴 땐 그에게 힘껏 용기를 불어넣어 주기를 바라요. 혹시 혼자 이겨내기 막막한 상황에 놓여 있는 거라면, 지금 모든 결정을 다 내리려하지 말고 '우리' 함께 시간을 두고 지켜보자고. 힘들면 기대도 되니까 '우리' 같이 이겨내 보자고. 당신의 곁을 지키는 그 자체로 의미가 있으니, 내가 필요한 곳이 있다면 주저하지 말고 언제든 나를 믿고 불러주기를 바란다고 진솔한 마음을 전해보는 거예요.

상대방의 상황에 관심을 가지고 존중하는 자세가 관계 내 중요한 역할을 한다고 생각해요. 충분히 설명을 했음에도 내 상황에 대한 진중한 관심과 공감, 이해를 보여주기보다 모든 걸 '마음이 달라진 거야.', '관계를 이어갈 의지가 없는 거지.' 라고 해석한다면 대화 자체가 힘겨울뿐더러 기대고 싶던 마음도 부지불식간에 사라져버려요.

자신의 사정을 헤아려주지 못하는 상대방을 미워할 수는 없어요. 하지만 자꾸만 자기 자신이 작고 초라하게 느껴지는 건 어쩔 수 없죠. 마음의 여유는 갈수록 줄어들어, 곁에 있는 사람에게 충분한 사랑을 주지 못할 것 같아 미안한 마음이 드는 것과 동시에 겁이 나요. 자기가 가지고 있는 고민의 무게가 상대방에게 짐이 될 거라는 염려를 하죠. 그래서 서둘러 놓아줘야겠다는 결심을 했을 거예요. 이별을 고한 그 사람도 그랬을 거예요.

사랑에 서툴다 하기 앞서 우리는 삶에 서툰 이들이잖아요. 감당하기 어려운 현실에 놓였을 때, 주변 사람들과 자신의 삶을 지키기 위해 결단을 내리게 돼요. 그런 상대방의 상황을 있는 그대로 받아들일 줄 아는 태도가 위기 상황 속에서 변곡점 역할을 하더군요. 전과는 확연히 달라진 모습이라도 이 또한 그의 모습으로 인정해준다면, 더욱 굳건해진 믿음으로 그는 머지않아 생기를 되찾고 곁을 지켜준 나에게 고마움과 미안함을 전해올 거예요.

그저 자신이 주고 싶은 것만 주고서 사랑했다고 추억하는 게 아니라 내 사람이 무엇을 받고 싶어 했는지, 어떤 말 한마디를 더 듣고 싶어 했는지 되짚어보며 자신의 부족했던 점을 받아들이는 마음가짐이 사랑했다는 증거가 아닐까요?

그와 함께한 시간 속에서 그의 진심을 느꼈다면 그것 그대로 간직하세요. 타인의 경험과 말에 휘둘려, 사랑하면 꼭 이렇게 해야 한다, 이래선 안 된다 말하면서 그의 노력과 진심을 허황된 것으로 왜곡하지는 마세요. 사랑은 지극히 주관적인 것이니까요. 사랑과 삶의 다양한 모습을 너그러이

포용할 수 있기를 바라요.

　내가 미처 알아주지 못한 그의 마음도 바라봐주세요. 나 또한 완벽하진 않아 놓친 마음이 있을 거예요. 사랑했다는 말의 진심은 짧은 회상의 순간에 만들어지더라고요.

이별을 어떻게 전해야 할까요

이별은 단순히 만남의 '끝'이 아니라
새로운 삶의 '시작'을 의미해요.

이제 끝이라고, 더는 볼일 없다며 험한 말을 남기고 가는 사람을 만나본 적 있나요? 그간 쌓아왔던 억한 심정을 모조리 털어내기 위해, 또는 정을 떼기 위해서라며 기어코 마음에 상처를 남기고 가는 모진 사람. 최소한의 예의조차 갖추지 않은 이별을 맞이한 당사자가 느끼는 감정은 그리움도 미련도 아닌 무력감이에요.

세상에 아름다운 이별은 없다고 하지만, 기어코 내가 또 하나의 상처를 남기고 갈 필요는 없더군요.

이별을 전할 땐 단호함이 필요해요. 여기서 말하는 단호함이란 날카롭고 모진 말이 아니라, 내 선택이 번복되지 않을 거라는 걸 상대방이 알게끔 하는 태도를 의미해요. 상대방을 혼란스럽게 만드는 헛된 희망이나 여지를 남기지 않아야 하죠. 그러나 내가 후련하려고 상대방의 아픈 부분을 찌르는 마지막 한마디는 아끼는 게 좋아요. 늘 그랬듯 따뜻하게 '우리의 인연은 여기까지'임이 마음 깊은 곳까지 전해질 수 있도록 흔들림 없는 모습을 보여주는 거예요.

아름다운 이별을 어렵게 만드는 요인은 이별이란 행위를 끊어낸다, 잘라낸다고 정의하는 데에서 비롯됐다고 생각해요. 끊어내야 한다는 압박 때문에 초조하게 되고 결국 압박을 이기지 못해 아무런 말도 없이 도망가거나, 비수를 꽂는 말로 단번에 해결을 보려 해요. 안일한 태도로 손쉽게 털어내려 하는 순간, 돌이킬 수 없는 상처를 주게 되는 것이었어요.

그저 함께했던 인연을 이만 내 품에서 보내준다, 놓아준다고 받아들이면 꽉 움켜쥐고 있던 손의 힘을 슬며시 빼기만 하면 돼요. 그러면 내 마음에도 조금 여유가 생기죠. 말한마디라도 덤덤하고 따뜻하게 건넬 수 있는 여유, 상대방이 이별을 받아들일 때까지 기다릴 수 있는 여유 말이에요. 저마다의 사정이 있는지라 하나의 방법이 모든 이별의 정답이 될 수는 없지만, 개인적으로는 이별을 전하고 받는 사람 모두 시간이 지나 이별의 순간을 떠올려도 마음이 괴롭지 않고 편안할 수 있는 방식이었어요.

이별은 단순히 만남의 '끝'이 아니라 새로운 삶의 '시작'을 의미해요. 지난 사랑의 경험과 그로부터 얻은 지혜가 더해져 인생의 새로운 장을 열어주죠. 새로운 시기의 첫 단추를 잘 끼워보고 다시 시작될 이야기를 가슴 뭉클히 기대해봐도 좋지 않을까요? 사랑할 때와 마찬가지로, 헤어지는 순간에도 정성 들여 서로를 배려하고 존중해보아요.

저에게도 참 고마운 인연이 있었는데요. 만나는 동안 무슨 일이 있었는지와는 상관없이 마지막 순간까지도 담담하게 저를 존중해주는 사람이었어요. 그건 그 사람이 가진 신념이고 태도더군요. 그 한 사람으로 인해 사람과 만나고 헤어지는 경험의 귀중함을 절실히 깨달을 수 있었고, 오랜 시간 잃어버렸던 사람에 대한 신뢰를 말끔히 회복할 수 있었어요. 그날들이 떠오를 때마다 더 멋진 사람이 되고 싶다는 동기를 얻었고, 나 또한 그처럼 누군가에게 따뜻한 울림이 되어주고 싶더군요.

사랑했던 기억으로 살아간다는 말이 있잖아요. 어디선가 그 시절 함께 들었던 노래가 흘러나올 때, 아무 거리낌 없이 추억에 잠길 수 있다는 게 얼마나 큰 축복인지 참 늦게 깨달았어요. 머릿속에서 추억이 영상처럼 부드럽게 전개되던 중에 엉망이었던 이별의 순간이 끼어들어 필름이 엉키듯 회상을 와장창 깨어놓고 만다면, 애석하기 그지없잖아요.

사람을 소중히 여긴다는 건 단지 곁에 있을 때 잘해주는 것만을 의미하는 게 아니었어요. 상대방의 손을 놓는 그 순간과 이후 그 사람을 추억하는 순간에서도 인연의 소중함을 아는 모습이 진짜였어요.

떠나간 사람의 말은 그 말이 무엇이든 오래 남게 되어 있어요. 살갗을 파고드는 쓰라림 대신 잔잔하게 퍼지는 따스한 울림으로 남아주세요. 사랑했던 그 사람이 한 번 더 사람과 사랑을 믿어볼 수 있게 말이에요. 거창한 마무리가 필요하지 않아요. 서로가 더 이상 함께할 수 없음을 받아들이고서, 감사 인사를 전하고 안녕을 빌어주는 것으로 더할 나위 없이 아름다워요.

언제쯤 그를 잊을 수 있을까요

떠올릴 때면 여전히 불쑥 솟는 미운 감정.
그 감정의 동요가 사라지고 나서야
비로소 다 지나갔다고 할 수 있더군요.

그 사람과의 이별 후, 어떻게 보내고 있나요? 밤새 베갯잇을 적실 수도, 식사량이 눈에 띄게 줄었을 수도 있겠어요. 이별을 통보받은 입장에선 자신은 선택의 여지가 없다고 생각하기 쉬워요. 그러나 어떠한 상황에서든 내 선택은 스스로 만들어낼 수 있다는 걸 잊지 않았으면 좋겠어요.

스스로를 상대방의 선택에 의해 내쳐진 사람, 버림받은 사람 혹은 그의 한시적 외로움에 이용당한 존재로 여기지 마세요. 나약하고 무기력한 이미지에서 벗어나세요. 함부로 내 가치를 낮추지 않는 건 '나'와 내가 한 '사랑'에 대한 예의이기도 해요.

만남과 이별은 서로의 삶에서 가장 바람직한 대안을 찾아가는 의사결정 중 하나예요. 출발선에서 엄연히 나의 의사를 밝히며 시작했듯 이별의 순간에도 상대방과 나의 선택이 공존해야 해요.

누구인들 처음부터 이별에 묵묵히 다가갈 수 있을까요. 붙잡아보지 않았던 게 또 하나의 미련으로 남기도 해요. 마지막엔 상대방의 선택도 존중해줘야 함을 염두에 두고서 최선을 다해 붙잡아도 보세요. 그럼에도 그 사람의 의지가 굳다면 이제는 그의 선택을 받아들이고 내 선택을 만들어가야 할 때예요.

나는 이 관계를 어떻게 생각하는지, 나와 함께할 의지를 상실한 이 사람을 붙잡고 더 나아가는 것이 현명한 판단인지, 과연 어떤 결정이 나를 위한 일인지 생각해보는 시간을 가지세요. 상대방이 이렇다 할 대화도 없이 급작스럽게 이별을 통보했다면 더욱 존중받아야 하는 시간이에요.

떠밀리듯 마지못해 내리는 결정은 선택이라 할 수 없어요. 충분히 숙고해보고 철저히 자신의 생각을 바탕으로 내린 선택을 상대방과 동일한 테이블에 올려놓아요. 그래야 받아들일 건 받아들이고 이만 보내줘야 할 건 보내줄 수 있어요. 선택을 내리고서 선택 이후의 삶을 살아가세요.

"미워하는 동안은 아직 헤어진 게 아니다."

드라마 〈연애의 발견〉 대사를 들어보셨나요? 이별 후 슬프고 원망스런 감정이 지나고 나서도, 떠올릴 때면 여전히 불쑥 솟는 미운 감정. 그 감정의 동요가 사라지고 나서야 비로소 다 지나갔다고 할 수 있더군요.

한 사람을 완전히 보내주려면 미운 감정과 더불어 그와 나 사이에서 생긴 크고 작은 상처도 함께 보내주세요. 모든 상처를 아예 없던 것처럼 말끔히 사라지게 할 수는 없겠지만, 내 상처를 책임지고 보듬어줘야 할 '궁극적인' 주체는 바로 나예요. 상처받은 모습으로 성장이 멈추어버린 내 안의 작은 아이가 건강하게 자라게끔 스스로 이끌어줘야 해요.

상처의 실타래를 얽히고설킨 채로 오래 내버려두면 어느 관계에서건 자신을 약자로 치부하기 쉬워요. 마음에 여유가 줄어들고 주변을 둘러볼 수 있는 시야도 좁아져요. 그런 상처는 곧 선입견과 편견 그리고 아집으로 변질되기 십상이에요. 미움도, 상처받은 마음도 잘 토닥이고서 때가 되면 내 안에서 바깥으로 흘려보낼 줄 알아야 하죠.

혹시 '나는 상처받은 사람이니까 이 정도는 마땅히 이해해줘야 해.'라고 생각하며 내 상처를 빌미로 타인에게 또 다른 상처를 주고 있진 않나요? 신경질적이고 까칠하게 구는 자신의 모습을 정당화하면서요. 내가 느끼는 고통 안에 갇혀, 나 아닌 타인의 세상은 모두 평안할 거라는 경솔한 판단으로 말이에요. 반드시 바로잡아야 하는 생각이에요. '상처받은' 모습으로 '상처 주는' 모습을 정당화시켜선 안 되니까요.

사랑과 마찬가지로 상처도 나의 일부이지, 내 전부가 되어선 안 되더군요. 매사에 상처 뒤로 숨는 버릇을 들이면 상처가 회복되기는커녕 점점 본연의 내 모습을 잃어가요. 남 탓과 불평불만이 나를 뿌리째 쥐고 흔들어놓죠. 느리더라도 천천히 이겨내고 건강한 모습을 되찾을 수 있는데 그러기를 포기하고 말아요.

아런 상처가 그득하다면, 가장 먼저 상처의 존재를 인정해주세요. 나와 상대방의 책임을 떠나 상처의 본연 그대로를 알아주는 거예요. '이 또한 나에게 상처가 됐구나.', '그래서 아팠던 거구나.' 처음엔 받아들이기조차 힘겹고 겁이 날 수 있어요. 다친 마음을 정면으로 마주하기란 쉽지 않죠. 그러나 상처를 외면할수록 고통 속에 갇히게 돼요. 상처를 내 삶의 작은 조각으로 받아들이고, 나 자신에게 상처받도록 내버려 두어 미안하다고 전해주세요.

지금 모든 걸 다 치유하지 않아도 괜찮아요. 이번에 여기까지였다면, 몇 년 후 조금 더 성장한 내가 한 단계 더 깊고 넓은 치유를 전해줄 수 있으니까요. 현재 내 여력이 되는 선에서 충분히 마음을 다독이고, 그 너머에 있는 아픔에는 얽매이려 말고 차분히 흘려보내요.

그러다 보면, 언젠가는 주변에 같은 이유로 목말라하는 이들에게 하나의 '샘'이 되어줄 수 있을 거예요. "나도 비슷한 일을 겪은 적이 있어." 조심스럽게 말문을 트며, 내 경험의 물을 길어와 그들의 갈증을 해소해주고, 얹힌 가슴을 뚫어주고, 주위를 둘러볼 수 있는 여유를 만들어주는 거죠. 그렇게 지난 경험을 바탕으로 누군가에게 샘과 같은 존재가 되어줄 수 있다면 마침내 과거의 상처도, 사람도 '잘 보내주었구나.' 생각하며 그렇게 나를 다독일 수 있을 거라 믿어요.

이별 후에 사람을 멀리하게 됐어요

이별을 받아들이고 내가 느끼는 감정들과 생각들을
하나씩 가다듬으며 마침내 길고 긴 터널 끝에
다다를 수 있었어요.

'내가 인생을 잘못 살아왔나?'

'대인 관계에 문제가 있는 사람인가?'

이별을 한 후, 무언가 잘못돼도 한참 잘못됐다는 생각을
지울 수 없었어요. 그동안 사람을 대하는 방식이라든지, 궁
극적으로 내가 닮고 싶은 인간상이라든지, 지금까지 굳게

믿고 있던 모든 것들이 희미해졌어요. '길을 잃었다.'는 표현이 이렇게 실감난 적이 없었죠.

어두운 골목에서 한참을 헤매는 기분. 내가 이대로 자취를 감추어도 세상엔 미세한 변화조차 일어나지 않겠다 싶었어요. 어디서부터 어떻게 내 삶을 재정립해가야 하는 건지 도무지 갈피를 잡기 어려웠어요.

한 사람과 헤어진 것뿐인데 모든 관계와 삶 자체에 회의감이 들었어요. 그래서 더욱, 헤어진 연인을 잊는 데 오랜 시간이 걸렸나 봐요. 과거의 삶과 현재에 대한 무력감, 더 나아가 앞으로 마주할 삶에 대한 막막함과 두려움이 느껴졌어요. 그런 내 모습이 낯설었어요. 내가 이렇게 나약한 존재였나? 세상이 이렇게까지 모질었나? 사람과 관계를 맺는 일이 이 정도로 마음이 다치고 아물기를 거듭해야만 가능했었나? 새삼스레 회의감이 들어 사람에게 거리를 두고 경계심을 키우게 되더군요. 만나자는 친구의 연락이 버겁게 느껴지고, 짧은 답장에도 남은 에너지를 겨우 끌어모아야 했어요.

잠시 타인과 세상으로부터 떨어져 나만의 휴식이 필요했어요. 그간의 고생과 아픔들로부터 나를 지키고자 친 방어막이기도 했죠. 그런데 사람과 너무 오랫동안 떨어져 지내다 보면 내가 황폐해지기도 하더군요. 작은 일에도 생각이 끝없이 불어나고 마음의 결은 거칠어져요. 혹시나 이런 날선 모습에 누군가는 상처받게 될까 봐 전보다 더 사람을 멀리해요.

비슷한 상황에 놓여 있나요? 스스로 고립되어 시름시름 앓고만 있는 게 자신이 원하던 모습은 아닐 거예요. 잠시 쉬면서 관계를 다시 맺기 위한 준비를 해보세요. 사람을 배척하기보다 사람과 교류하는 데서 오는 긴장과 불안, 상처와 스트레스에 맞설 수 있는 대비책을 세우는 거예요.

우선, 내가 가장 스트레스받는 상황이 무엇인지를 점검해보세요. 그리고 내가 왜 그 상황에서 예민하게 반응하게 되는지 질문해보고 내가 어디까지 감내할 수 있는지를 짚어보세요. 극도로 예민해진 순간에 불필요한 충돌을 피할 수 있는 말 한마디, 마음을 진정시켜줄 수 있는 나만의 장소를 찾는 등 다시 관계를 맺어가기 위한 내실을 다지는 거예요. 나 스스로가 어느 정도 준비가 됐다는 생각이 들어야 세상을 향해 다시 나설 수 있으니까요.

처음 이 시기에 접어들었을 땐 사람에 대한 원망과 불만, 억울함을 거쳐 나 자신에 대한 수치심, 그리고 세상에 대한 두려움으로 가득해 무척 괴로웠어요. 그러나 이별을 받아들이고 내가 느끼는 감정들과 생각들을 하나씩 가다듬으며 마침내 길고 긴 터널 끝에 다다를 수 있었어요. 그 끝에 가보니 내가 고독한 싸움을 무사히 마치고 돌아오기를 기다리고 있던 이들이 있더라고요.

이별을 겪고서 회의감에 젖어 세상을 부정적으로 바라보기보다 시간이 걸리더라도 부디 자신을 한 번 더 믿어주고, 사람과 더불어 살아가기를 바라요. 세상에 내 편 하나 없어 속절없이 외로운 때가 있는 반면 전생에 내가 큰일을 이룬 존재마냥 모든 게 날 위해 굴러가는 것 같은 날도 찾아오더라고요. 그런 나날을 살아가는 것 같아요. 그러니 조급함을 내려놓고 멀리 바라보세요. 그리고 찬찬히 걸어나가세요. 지금은 어두운 터널을 걷는 것 같지만 언젠가는 가슴이 탁 트

이는 광활한 풍경을 만날 수 있을 거라 굳게 믿으면서요.

　아주 작은 것에서부터 그것의 소중함과 의미를 되찾고 감사하는 삶을 살아가요. 더 밝게 타오르기 위해 내 삶이 쥐어준 기회라고 생각해요. 위기에 맞서 내 역량을 시험해볼 기회, 인생관이 바뀌고 삶을 뒤바꿀 기회 말이에요. 고독한 싸움 잘 이겨내고서 나를 기다려준 이들에게 밝고 환한 웃음 띠울 수 있기를, 한 해의 끝 무렵에 '올 한 해는 참 감사한 한 해였다.' 하며 싱긋 미소가 그려지기를 응원하고 있을게요.

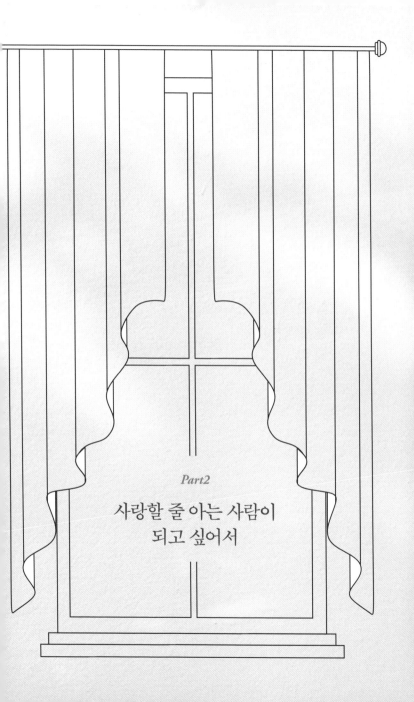

Part2

사랑할 줄 아는 사람이
되고 싶어서

새로운 만남을 시작하기 망설여져요

그에게 마음과 시간을 어느 정도 내어줄 수 있는지,
기꺼이 행동으로 보여줄 수 있는 사람인지에 대해
스스로 곰곰이 생각해보세요.

다가오는 사람에게 조그만 친절과 화답조차 내어주지 않
으려 애쓰고 있나요? 그 굳게 닫힌 마음의 틈 사이로 차디찬
바람이 새어 나와요. 장기간의 연애로 지친 탓에 또는 연애
말고도 다양한 관계 속에서 데인 상처가 쌓였기 때문일 거
예요. '이런 사람 만나면 참 좋겠다.' 하는 생각도 잘 들지 않

죠. 다른 무엇보다 내 공간을 지키고 싶은 욕구가 강하게 들어요.

움츠러든 마음에 자주 울컥하는 순간들이 생길 무렵, 제 마음에 찾아와 한 자리를 그득히 차지한 사람이 있었어요. 사랑을 넘어 삶의 위로에 가까웠죠. 늘 그 자리에 있었던 것처럼 일말의 어색함도 없이 저와 어우러지는 사람이었어요. 적당한 거리를 두고 다가온 그 사람은 저를 단순히 연애 상대가 아니라 한 사람으로서 대해주었어요. 그 덕분에 그의 진정성을 느낄 수 있었고, 불안하고 초조했던 제 마음이 그제야 제자리를 찾을 수 있었어요. 그가 보여준 믿음으로 제 마음의 공간도 차차 넓어져 갔어요.

당신에게도 몸과 마음이 신호를 보내는 사람이 나타났다면, 그런데 만남을 시작하기가 망설여진다면 자기 자신에게 하나씩 물어보세요. 나는 만남을 시작할 준비가 되었는지, 이 사람에 대한 내 마음은 어떠한지요. 지금 나는 그에게 마음과 시간을 어느 정도 내어줄 수 있는지, 기꺼이 행동으로 보여줄 수 있는 사람인지에 대해 스스로 곰곰이 생각해보세요. 만약 누군가를 만날 때, 내 일상이 종종 무너지는 걸 경험했다면, 그래서 또 한 번 무너지지는 않을까 걱정된다면 반드시 붙들어야 하는 내 삶의 목표와 계획을 작성해두는 것도 도움이 될 거예요.

처음부터, 공통된 관심사 같은 연결고리를 찾으려 분주하지 않아도 돼요. 시간이 흐르면 비슷하다고 생각한 부분에서도 사뭇 다른 점들이 모습을 드러내기 마련이에요. 닮은 점을 찾는 데에만 몰두하기보다 서로의 다른 점을 조금이나마 알아차릴 수 있는 대화를 시도해보세요.

우리는 점점 더 각자 자신만의 삶의 방식을 꾸려가요. 하루를 보내는 방식과 취향, 소비 습관, 그리고 혼자 보내는 시간 등 각자의 시간과 공간이 존중받아야 하죠. 또한 변화와 안정, 독립과 의존 사이에서 추구하는 것이 다를 수도 있고요. 완벽하게 딱 들어맞는 사람은 없을 거예요. 그러나 자신이 감당할 수 있는 범위 내의 사람인지, 확실히 짚어보세요.

만남에 신중한 것은 좋지만, 나 자신이 행복해질 기회를 스스로 앗아가는 일은 없었으면 해요. 충분한 마음의 준비를 마쳤는데도 배려심과 책임감이 너무 강한 사람들이 있어요. 누가 봐도 좋은 사람이 혹여 나로 인해 상처받을까 봐, 괜히 내 옆에서 고생할까 봐, 하는 염려 때문에 자신을 꽁꽁 동여매고서 힘들게 만남을 거절해요.

혼자 굳센 척 말고, 자신을 마음 편히 허락해주세요. 상처 없는 사랑을 원할수록 관계를 이어가는 마음도 무거워지는 법이에요. 잘해줄 수 있을까 하는 염려, 잘해줘야 한다는 부담감부터 내려놓으세요.

용기 내보세요. 신중한 고민 끝에 만난 그 사람이 지난 세월 속에서 번번이 지지받지 못했던 내 사랑의 방식을 지지해줄 거예요. 잔잔한 시선으로 나를 유심히 바라보는 이에게 다가가 고운 말 한마디 건네보아요.

할 수 있는데도 하지 않던 그 사람

나에게도 나만의 문제와 한계가 있는 것처럼,
이 부분만큼은 상대방의 한계였을 거라
생각해보는 거예요.

어릴 적 책꽂이를 정리할 때면, 책을 다시 꺼내기 힘들 정
도로 빈틈없이 빽빽이 채워 넣는 습관이 있었어요. 반드시
빼곡한 한 칸을 만들어내려 했죠. 책꽂이의 빈 공간이 자꾸
만 텅 빈 내 마음을 떠오르게 하는 탓에, 마음이 허전할 때
음식으로라도 꾸역꾸역 허기를 달래보는 것처럼 그득하게

채워야 직성이 풀렸나 봐요. 적나라하게 드러나는 내 공허한 마음을 힘을 들여서라도 부정하고 싶었어요. 빈자리를 어떻게 더 메워보려고 애쓰는 습관이 사랑을 할 때도 어김없이 드러나더군요.

마음이 있다면 노력할 수 있었을 텐데도 하지 않던 지난 사람을 떠올리며, 스스로를 가엾게 생각하고 있진 않나요? 설령 그 모든 게 사실이었을지라도 자신을 위해서 이만 그 생각에서 벗어나요. 부족한 상태로 자라왔다고, 늘 덜 받으며 사랑을 했다고, 그런 생각에 매몰되면 갈수록 초라하고 나약해지는 건 결국 나 자신이 될 테니까요.

내가 기억하는 그의 말과 행동, 그가 내게 보여줬던 모습을 그 당시 그 사람의 최선으로 받아들여 보세요. 그와 내가 각자 사랑을 주고 받아들이는 방식이 서로 다를뿐더러, 그도 나름대로 역량 내에선 있는 힘을 다했을 거라고요. 그렇게 믿고 이제 그만 받지 못했던 마음에서 미련을 거두는 거예요. 어디까지나 그의 최선보다 더 받고 싶어 했던 나의 마음이 있었을 뿐이라고요.

'그의 최선인 동시에 그의 한계구나.'

나에게도 나만의 문제와 한계가 있는 것처럼, 이 부분만큼은 상대방의 한계였을 거라 생각해보는 거예요. 그가 가진 한계는 스스로 마주하도록 두면 돼요. 내가 해결할 수 있는 게 아니에요. 상대방을 미워하면서 나를 잃지는 않았으면 해요. 사과받지 못한 억울한 심정을 한 아름 끌어안고서 내 마음을 알아주지 않는 그의 곁을 서성이며 홀로 속 태우는 건 낭비예요.

그렇게 단념하는 동시에 내가 가진 한계를 돌아보기로 다짐해요. 나 또한 실수나 잘못을 했을 때, 상대방이 자신의 다친 마음을 보여주었음에도 내 좁은 시야 탓에 그 마음을 제대로 달래주지 못한 적이 있으니까요.

채워지지 않은 빈자리에 오래도록 연연하면 새롭게 만나는 사람에게 은연중에 그 책임을 전가하게 돼요. 연인뿐만 아니라 가족과 친구를 비롯한 모든 이들로부터의 결핍을 그 한 사람에게서 채우려고 하죠. 새로운 사람과의 만남은 새로운 출발선에서 시작해야 하는데, 늘 과거의 한 지점으로 돌아가버려요.

상대방이 내가 불안해하지 않도록, 의심을 내려놓을 수 있도록 노력한다고 해도 내가 과거에 만났던 사람에 대한 기억을 놓지 못하면 소용없어요. 지금 만나는 사람도 나에겐 이전에 만났던 사람들과 다를 바 없는 존재로 남을 거예요.

류시화 시인의 "한 번도 상처받지 않은 것처럼 사랑하라."는 오직 상처받은 나 자신만을 위한 말이 아니었어요. 여태 과거에 매여 있는 나로 인해 역으로 상처받게 될 상대방도 헤아려보라는 의미였죠. 이전에 그런 일이 있었기 때문에 내 입장에선 이해와 신중함을 바란 것이지만, 이미 부단히 애쓰고 있던 상대방은 한 발짝 더 다가가기 어렵게 만드는 벽 하나를 세운다고 생각할지도 몰라요.

받지 못한 마음들을 결핍으로만 여기진 마세요. 대화 중간의 침묵처럼, 일과를 마친 후 창가에 앉아 고요히 감상하는 저녁노을처럼 삶의 빈자리도 우리에게 나름의 의미를 선사해줘요. 상황을 관조할 수 있는 기회를 얻고, 무엇이 중요한지 깨우칠 수 있게 해주는 자리라고 생각해요. 보다 대담

하게 나아갈 수 있는 원동력이 되어주기도 하죠.

　지난 기억을 훌훌 털어버리고 매 순간을 사세요. 받지 못한 마음, 하나하나를 다 붙잡고서 채우려 하면 늘 과거에 짓눌리고 말아요. 나도, 나의 현재도 소중해요. 애써서 지킬 가치가 있는 나날들이죠. 과거에 대한 미련을 놓아야 현재 삶에 만족할 수 있는 마음이 솟아나요. 끝없이 메워야만 하는 빈자리에는 이만 안녕을 고하고 오늘의 삶을 더 즐기고 함께하는 사람들과 사랑을 나누세요.

어떻게 힘이 되어줘야 할지 모르겠어요

그의 시간을 오롯이
그의 것으로 존중해주세요.

요새 낯빛이 어둡고 한숨이 잦더니 오늘 저녁은 혼자 푹 쉬고 싶다고 하네요. 하루 이틀 내로 해결될 문제라면 그러려니 할 텐데, 눈치를 살펴보니 보다 긴 시간이 필요해 보여요. 아니나 다를까 막 잠들기 무렵, 이유 없이 무기력하다고 전해와요.

관계 가운데 어려움을 겪거나, 고대하던 시험이나 지원한 회사로부터 불합격 통보를 받은 경우, 실직과 같은 경제적 어려움이라든지 가까운 이의 병이나 죽음 등 우리 곁에는 힘조차 쓸 수 없는 어려운 상황들이 많아요. 소식을 듣자마자 내 일처럼 심장이 쿵 내려앉고 당사자보다 먼저 눈물을 보이는 이들도 있을 거예요. 내 걱정 어린 마음을 어떻게 전해야 할지 망설여지죠.

그러나 먼저, 그의 문제와 상황을 해결하는 데 꼭 내가 나설 필요는 없다는 걸 알았으면 해요. 반드시 나와 함께 시간을 보내고, 내게 세밀한 감정을 털어놓아야만 그의 문제가 해결되는 건 아니에요. 또한 그래야만 나를 신뢰하는 거라고 해석하기에도 무리가 있더군요. 애초에 뚜렷한 해결책이 없어 스스로 생각하고 제 발로 일어서야 하는 순간도 있으니까요.

군이 감정적인 위로가 필요하지 않은 때, 그를 붙잡고 기어이 위로하려 한다면 그는 오히려 내 걱정을 덜어줘야 하는 또 하나의 과제를 얻은 기분일 거예요. 그는 자신의 감정을 스스로 갈무리하고 싶은 상황이에요. 스트레스가 심한 상태인지라 괜히 주변에 부정적인 기운을 끼칠까, 혹여 무례한 언사를 남길까 봐 조심스러운 마음과 더불어서요. 그에게 중요한 상황에서 내가 배제됐다고 여기며 불안해하고 실망하거나 내가 그에게 어떤 존재인지에 대해 의문을 가지지 않아도 된다고 생각해요.

때로는 적당한 거리를 두고 멀리서나마 응원하며 믿고 기다려주는 것이 상대를 향한 배려인 동시에 둘 사이의 결연한 신뢰를 뜻하더군요. 당신은 자신을 위한 선택을 내릴 줄 알고 이 시기를 스스로 잘 이겨낼 사람이라고 믿어주는 거예요.

고민하는 시간 안에도 그 사람의 노력이 깃들어 있어요. 겉보기에는 아무것도 안 하는 것 같아도 지금 그는 자신이 생각하는 최선의 노력을 하고 있을 거예요. 갈 길이 구만리라 스스로도 답답한데 "이렇게 해봐, 저렇게 해봐." 하며 내 생각을 강요하거나 혹은, 어서 구체적인 계획을 내놓으라며 재촉한다면, 모든 걸 내려놓은 채 어디론가 도망치고 싶어질 거예요.

그가 골몰하는 시간 속에서 느낀 수많은 감정과 생각은 그의 삶 어느 순간에서든, 어떤 방식으로든 하나의 올곧은 선택으로 나올 귀중한 씨앗이에요. 스스로에게 질문을 던지며 잘 성장해가고 있으니까요. 그러니 그의 시간을 오롯이 그의 것으로 존중해주세요.

소중한 이들에게 무성한 나무 같은 편안한 안식처가 되어주는 일은 참 어려웠어요. 사람마다 상황과 성향이 다르니까요. 걱정이 앞서지만 적절한 방식을 몰라 늘 아쉬움이 남았어요. 한참이 지나, 직접 비슷한 상황을 맞닥뜨리고서야 조금씩 질서가 잡히기 시작했어요. 단, 무관심과는 구분했으면 해요.

적당한 거리를 유지하며, 가벼운 안부 인사로 소통하기.

상대방이 속사정을 털어놓고 싶다고 하면 적극적으로 들어주고, 아무것도 하고 싶지 않아 할 땐 그대로 내버려두고, 때때로 문제적 상황에만 고여 있지 않도록 아무 일 없다는 듯 보통의 일상 이야기를 주고받아요. 가족이나 연인과 같은 특별한 누군가로서 접근하기보다 힘든 시기를 겪어본 사람으로서 묵묵히 곁을 지켜주는 거예요. 여유가 된다면 좋아하는 음식을 함께 먹으러 가고, 시원한 바람 쐬러 근교로 떠나볼 수도 있고요.

마지막으로 가장 중요한 건 상대방과 별개로 나는 나대로 내게 주어진 하루를 잘 살아내는 거예요.

하염없이 상대방을 걱정하고 기다리면서 하루 종일 안절부절못한다면 당사자 입장에선 고맙기보단 부담스럽고 미안한 마음이 들 거예요. 흔들림 없이 내 일상을 살고 내 할 일을 착실히 해내는 모습으로 든든한 버팀목이 되어주세요. 어느 날, 사람의 따스한 손길과 목소리가 그리울 때 가장 먼저 듬직한 나를 떠올릴 거예요.

제가 하루하루 절박한 심정으로 버텼던 때 '혼자 있고 싶지만 혼자이기 싫은' 마음이 마치 잔잔한 호수에 누군가 돌을 던진 것처럼 저를 자꾸만 심란하게 만들었어요. 그때 가까운 이들로부터 너무 부담스럽지 않게 또 너무 무심하다 느껴지지 않게, 진솔함이 담긴 배려를 받은 기억이 있어요.

그들 덕분에 혼란스러운 가운데서도 나를 지켜낼 수 있었고, 간간이 웃을 수 있었고, 생생히 살아 있음을 느낄 수 있었어요.

'나는 혼자가 아니구나. 나를 기다려주는 이들이 있구나.'

외롭고 지치는 시기는 누구에게나 찾아와요. 그리고 바통을 넘겨받듯 서로의 인생에서 끊임없이 되풀이되죠. 그 순간 앞으로 나아갈 수 있게 하는 힘은 사람의 진심이더군요. 사랑하는 사람에게 충분한 시간과 거리를 주고, 곁에 있어주어 그의 미소와 생기를 지켜주기를 바라요.

요즘 너무 자주 다투는 것 같아요

잘잘못을 따지거나
이기고 지는 문제가 아니니까요.

"너도 그랬잖아."

"네가 먼저 시작했잖아."

서로 자신이 그어놓은 선 밖으로 한 발자국도 물러서지 않아 끝없는 평행선만 달리는 상황. 도저히 나아질 기미가 보이지 않아요. 선을 넘은 발언이나 행동과 같이, 어느 한 사

람의 분명한 실수나 잘못인 상황이라면 잘못한 쪽이 자신의 과오를 인정하고 사과해서 상황을 바로잡아야겠죠.

그러나 몇 날 며칠 밤을 지새워 고민해봐도 제자리걸음인 문제는 대부분 서로 다른 관점 때문에 생기더군요. 누구 한 사람이 전적으로 옳거나 틀린 문제가 아니었어요. 각자 감정이 상한 부분이 있고, 알아주기를 바라는 마음이라 자신의 입장을 전하기에만 분주한 상황이 벌어지는 것이더라고요.

예상과 다르게 멀리 와버린 상황을 대화로 타개하기 위해선, '내가 옳다.', '나 혼자 희생했다.'는 생각을 내려놓는 것부터 시작해야 해요. 잘잘못을 따지거나 이기고 지는 문제가 아니니까요. 이 갈등에서 잠시나마 우위를 차지하고자, 상대방이 느끼는 서운함에 대한 답은 회피하고 꼬투리를 잡아 모든 책임을 그에게 전가하고 있는 건 아니겠죠?

갈등 상황에서 무작정 참기보다는 내 의견을 피력하는 모습이 건강한 태도이지만, 사사건건 선을 긋고 내 입장을 관철시키는 데만 힘을 쏟는다면 관계의 발전에 크게 도움이 되지 않아요. 단 하나도 양보하기 싫은 마음, 괜한 자존심만 적나라하게 내비칠 뿐이에요.

반드시 짚고 넘어가야 하는 문제 외에는 갈등 상황까지 가지 않도록 자기 선에서 해결을 보고, 서로 상대방의 마음을 읽어주세요. 말을 끝맺기도 전에 "아니, 그게 아니라", "그렇지만…" 하고 섣불리 반박한다면 대화할 기력을 잃고 말아요. 꼭 긍정할 필요는 없어요. "아, 그런 의미였구나.", "그래, 네 말도 이해가 간다."라고 상대방의 마음을 읽어주는 말을 해보면 어떨까요? 예민하다는 말 대신에 "너는 이 부분을 중요하게 생각하는구나." 하며 그의 입장에 귀 기울이고 있다는 공감의 언어를 대화의 마디마다 넣어보는 거예요.

처음에는 나만 배려하는 것 같아 억울한 마음도 들 거예요. 그러나 내 감정을 우선적으로 헤아려주기를 바라는 마음을 잠시 내려놓고 상대방의 마음을 먼저 읽어주는 것이야말로 대담한 용기이고 사랑이라고 생각해요. 먼저 크게 한 발 내딛어 제자리에 머물러 있는 관계를 한 단계 진전시켜보는 게 어떨까요?

갈등 상황마다 매 순간 섬세함을 발휘하기란 여간 어려운 일이 아니에요. 채 말을 꺼내기도 전에 울음이 터지기도 하고, 어쩔 줄 몰라 입을 꾹 다물기도 해요. 속마음을 표현하는 것에 서툴러 갑갑한 심정이 상대방에게 답답한 마음을 갖는 것으로 표출되기도 하죠.

그러나 그럴 수 있는 일이더라고요. 상당한 인내가 필요한 일이기도 하고 걱정과 슬픔, 실망, 그에 더해 사랑받고 싶은 마음, 이별에 대한 두려움이 뒤섞인 감정과 생각을 차분하게 전달하려면 부단한 노력과 훈련이 필요해요. 평소 성숙하게 상황을 해결해오던 사람도 긴장과 불안이 한데 모이면 감정이 격양되고 방어적인 자세를 취하기 마련인걸요.

한 번은 미용실을 찾았다가 대기석에 앉은 손님들 간에 오고가는 대화를 엿들은 적이 있어요. 미소가 고운 할머님께서 남기신 말씀이 오래 기억에 남더군요.

"잘한 건 잘했다 해주고, 부족한 건 서로 도와줘야지."

연인은 성장의 파트너이기도 해요. 상대방이 표현하는 것을 어려워한다면 상대방이 말하고자 하는 바가 명확해지도록 이끌어주고 협력해요. 말에도 겉모습이 있어요. 모든 말을 문자 그대로만 읽고, 표현하는 방식만 오려내서 성급히 판단하기보다 말 너머의 감정과 욕구를 파악하는데 주력해 보세요. 그것이야말로 진정한 교감이고 대화라고 생각해요.

자존심은 접고 서로에게 두 번째 기회를 주세요. '우리 언제든 얘기할 수 있어.'라는 마음가짐을 갖는 게 좋아요. 잠시 대화를 쉬면서 감정을 가라앉히고 마음의 여유를 찾아요.

"조금 전에 했던 얘기, 좀 더 자세히 듣고 싶어."라고 대화의 물꼬를 트고, "뭐가 그렇게 속상했던 거야?", "내가 알아주지 못한 다른 마음이 있어?" 혹은 "나는 네 말을 이렇게 받아들였는데, 내가 생각한 게 맞아?"라고 상대방의 생각을 묻는 습관을 들여요. 상대방의 마음을 혼자 생각하고 결론지으면 오해와 편견이 쌓이고 불필요한 상처만 남을 뿐이에요. 상대방이 하는 말의 본뜻을 읽고 그에 대한 공감을 표한 후에 함께 해결 방향을 모색해가요.

관계를 위해 내가 애썼다는 걸 상대방도 곧 알아차릴 테니 그때 못다 했던 자신의 이야기를 해봐요. 나 역시 속상한 마음을 삼키고 있었다는 걸 상대방도 알게 되겠죠. 다음번에 비슷한 상황을 맞는다면 내가 보여준 배려와 양보를 기억하고 그가 한걸음 물러서 줄 거예요.

같은 말도 뉘앙스에 따라 다르게 받아들여지기 때문에 마음과 생각을 말로 표현하는 데는 한계가 있어요. 능숙하게 표현했다고 하더라도 전하고자 했던 바가 온전히 다 실리지 못하는 경우가 있는걸요. 표현하는 사람의 역할도 중요하지만, 성심성의껏 말 너머의 진심을 읽으려는 노력이 동반되어야 한다고 생각해요. 본래 전달하고자 하는 바가 무엇이었는지, 앞으로 내게 바라는 점은 무엇인지, 이전엔 듣지 못했던 부분을 귀담아들어 보세요.

다투면서 정이 들고 더 가까워진다고 하죠. 갈등을 풀어가는 그들만의 방식을 습득한 덕분이에요. 단순히 많이, 자주가 아니라 '잘' 다퉈봐야 해요. 서툰 것도 서툰 그 자체로 예쁘고, 서툴지만 어떻게든 노력하려는 모습도 의미 있어요. 서로에게 만회할 기회를 준다는 건 관계를 지키고자 하는 강한 의지를 보여주는 일이라고 생각해요. 거듭해서 기회를 갖고, 진심 어린 교감을 나누다보면 언젠가는 어떤 갈등과 위기의 순간을 만나도 금방 이겨낼 수 있을 거예요.

관계의 끝을 함부로 재단하지 말아요

혹여나 이대로 끝이 날까 봐, 수없이 눈치보며
말하기 주저했던 문제들을 하나하나 끄집어내어
과감하게 마주해보는 거에요.

아무리 찾아봐도 좋은 점을 찾을 수 없는 상대라면 헤어질 결심을 하기가 수월할 테지만, 그 사람과 만나면 즐겁고 애정이 샘솟다가도 도통 좁혀지지 않는 성향과 환경 차이로 다툼이 잦다면 정말 고민스럽죠.

주로 연락 문제와 갈등을 해결하는 방식 등 우선순위와

가치관의 영역에서 아주 사소한 것부터 일일이 맞춰가야 하는 상황이에요. 당장은 이 사람이 사랑스러워도 '이 사람과의 미래는 어렵겠구나.' 싶어 잠 못 드는 밤이 늘어가죠.

이미 아니다 싶어 단단히 마음을 먹고 헤어졌다가 다시 붙잡고 붙잡히길 반복했을지도 모르겠어요. 행복에 푹 빠져 있어야 할 시기에 마음고생만 한가득이지 않나요?

누군가는 시간 낭비라며 얼른 그만두라고 하겠지만요, 같은 상황을 경험해본 입장으로선 이렇게 말해주고 싶어요. 그냥 끝까지 해보라고요. 마음이 다할 때까지, 스스로 지쳐 절로 놓게 될 때까지 끝까지 만나보라고 말이에요. 누구든 타인에겐 객관적인 시선으로 조언을 해주다가도 막상 자신의 일이 되면 갈팡질팡하고 결국, 힘닿는 데까지는 가보고 싶다는 마음이 들곤 해요. 감히 누가 누구에게 미련하다, 무모하다고 할 수 있겠어요.

부딪혀보세요. 그저 상황이 언젠가 진전되기를 잠자코 기다리는 게 아니라 무수히 깨어지고 무너져봐야 해요. 또다시 다툼이 일어날까 봐, 혹여나 이대로 끝이 날까 봐, 수없이 눈치보며 말하기 주저했던 문제들을 하나하나 끄집어내어 과감하게 마주해보는 거예요. 서로를 배려하는 뜻에서 주의를 기울이는 것과 눈치를 보는 건 엄연히 다르잖아요.

서운하다고 말하는 것에 주눅이 들면 그때부턴 감정 소모가 시작돼요. 원 없이 투정도 부려보고, 진지한 대화 속에서 자신이 원하는 바를 당당히 요구해보세요. 반대로, 상대방의 말도 주의 깊게 들어보고요. 그 과정에서 부딪히는 만큼 서로의 뾰족한 부분들이 상당히 다듬어지더라고요. 또한, 좋아하는 감정도 마음껏 표현해보세요. 그 마음에 최선을 다하는 거예요.

'어차피 헤어질걸.'

'결국 달라질 거 없잖아.'

매사에 단념 혹은 포기부터 강요하는 말들에는 가급적 내 선택을 맡기지 않았으면 좋겠어요. 어느 선택이든 나에게 열정이 있는 한 나름의 가치를 지닌 선택이에요. 부딪혀 이겨내 보는 그런 '과정'이 없는 삶은 몇 년 뒤, 몇 십 년 뒤엔 무미건조해질지도 몰라요. 사랑뿐만 아니라 놓치고 싶지 않은 꿈 앞에서도 어김없이 드는 생각이에요.

우리는 늘 '과정'의 삶을 살고 있으니까요. 결과에 연연하지 말고 우선 내가 선택한 바에 최선을 다해보세요. 더 이상 목적지가 아닌 여정에 집중하는 법을 배워보기로 해요. 두 사람의 여정을 부디 끝까지 걸어내세요.

만남이 있으면 헤어짐도 있다고 하죠. 어느 관계든 시기의 차이가 있을 뿐, 만남과 이별의 큰 틀 안에서 이루어지는 건 매한가지예요. 잦은 다툼을 이어가다 급작스레 끝을 맞는 만남이 있는가 하면, 서로 단 한 번도 솔직하게 마음을 털어놓지 못한 채 멀어지는 이들도 있어요. 만남과 이별을 거듭하다 끝내 지쳐버린 경우도 있고, 한동안 서로 멀찍이 떨어져 각자의 삶을 살다가 다시 시작을 준비하는 연인들도 있죠.

절절한 마음을 뒤로하고 서로의 손을 놓아주는 '끝'의 모양새는 비슷하더라도 사람마다 끝내기로 결심하기까지 들인 시간과 정성은 사뭇 달라요. 생각의 차이를 풀어내기 어렵다고 지레 겁먹기보다 관계에 열의를 다할 수 있기를 바라요. 어떤 장애물을 넘어왔느냐에 따라 삶의 태도와 방향이 달라지고, 그 시간을 한 차례 걸어보고 나면 만남과 이별에 대한 무게 또한 알게 될 거예요.

관계에 열의를 다하면 결국, 끝을 맞이한다 해도 그 선택은 후회로 남지 않고 고스란히 내 마음의 양식이 되어주더군요. 의심하지 말고 자신의 선택을 믿고 나아가요.

결국 이별을 맞이했다면 처절하게 울어도 보세요. 절대 손해는 아니니까요. 길고 긴 시간이 지나고 가장 마지막에 남은 건 '그래도 끝까지 해보길 잘했다.'는 덤덤한 마음이었어요. 이 혹독한 시간을 겪어보고 자신이 진정 원하는 만남과 미래를 더 분명하게 그려나가요. 스스로 마지막을 받아들일 준비가 됐을 때, 그때 내려놓으면 돼요. 때가 되면 알게 될 거예요.

떠나보낼 때 원망이나 후회, 미련을 남기기보다 고마움을 전할 수 있도록 지금 관계에 최선을 다해보세요.

아무 말도 하고 싶지 않을 때가 있잖아요

내 감정이 걷잡을 수 없이 주변으로 번지기 전에,
미리 양해를 구하는 한마디를 남겨보면 어떨까요?

중고등학교 시절, 개인적인 일로 잔뜩 성이 나신 선생님으로 인해 수업 시간 내내 마음을 졸였던 경험이 있어요. 교실 문을 열고 들어와 교탁에 책을 내려놓으실 때부터 평소와는 다른 분위기가 감지되죠. 무슨 일이 있으셨나 보다, 짐작하면서도 혹시나 심기를 건드릴까 봐 노심초사하는 마음으로 수업을 들어야 했어요.

그때 선생님은 왜 그러셨던 걸까, 고개를 갸우뚱하곤 했는데요. 돌이켜보니 저 또한 무언가 기분에 내키지 않을 때 혹은 혼자 기대하고 실망했을 때, 무작정 입을 굳게 닫고 '나 지금 기분 안 좋아.', '말하기 싫으니까 내버려둬.'라고 말하듯 기분 나쁜 티를 한껏 내고 있었더라고요. 비슷한 상황에서 직접 당혹감과 불쾌감을 느껴봤으면서도 내 태도가 타인에게 끼칠 영향을 인지하지 못했던 시간에 대해 이제와 부끄러움을 느껴요.

무심결에 상처 되는 말을 뱉을 것 같다는 생각에 말을 해야 하는 순간에도 입을 꾹 다물고 있지는 않나요? 내 입장에선 아주 잠시 혼자 감정을 고르는 시간이지만, 입장을 조금만 바꾸어 생각해보면 상대방은 영문도 모르는 일로 긴 시간 전전긍긍하며 눈치를 살펴야 하는 부담을 떠안는 격이더군요. 내 마음에 들지 않는다는 이유로 느닷없이 싸늘해져서 아무런 대꾸를 하지 않는 태도는 짜증 섞인 말을 쏘아붙이는 것만큼 상대방에게 불필요한 긴장과 불안을 가져다줄 수 있어요. '말'이라는 형체만 없을 뿐, 내 감정을 공기 중에 툭툭 던지는 탓에 상대방은 언제 끝날지 모르는 침묵을 견뎌야 하니까요. 그 사실을 깨달은 이후론 말로도, 침묵으로도 상대방의 기분과 분위기를 해치지 않아야겠다고 다짐했어요.

낯선 감정을 맞닥뜨렸을 때 당혹감이 말문을 막아요. 이 복잡한 감정의 정체가 무엇인지 몰라서, 감정을 표현할 길이 보이지 않아 온몸이 굳어버리죠. 내 감정이 걷잡을 수 없이 주변으로 번지기 전에, 미리 양해를 구하는 한마디를 남겨보면 어떨까요? "나 감정을 추스를 시간이 필요해."라고요. '일방적인' 침묵이 아니라 '약속된' 침묵의 단계를 밟아보는 거예요. 주변의 양해를 얻고 나면, 거대하게 얽히고설킨 감정을 얼른 정리해서 말해야 한다는 압박으로부터 한결 자유로워지고, 마음 편히 내 생각을 정리할 시간과 공간을 보장받을 수 있더군요.

먼저 양해를 구하는 사람이 참 근사하게 다가와요. 자신의 감정과 상황에만 사로잡혀 있지 않고 자신의 행동이 주변에 어떤 영향을 주는지 둘러볼 수 있는 마음 씀씀이가 근사하더라고요.

말 한마디가 한 사람에 대한 인상을 좌우한다고 하죠. 그 한마디가 주는 안정감은 더할 나위 없이 소중해요. 특히, 연인 사이엔 신뢰와도 직결되더군요. 평상시에 상대방의 감정과 시간을 부지런히 존중하고 계신가요?

쉴 틈 없이 바쁜 날엔 "오늘 맡은 일이 많아서 평소보다 연락이 늦거나 뜸할지도 몰라."라고, 노곤한 몸의 재충전을 위해 주말 동안 휴식을 취하고자 한다면 "이번 주 내내 많이 힘들어서 내일 하루는 푹 쉬고 싶은데, 내일은 각자 시간을 가져도 괜찮을까?"라고요.

때로는 걱정할까 봐, 말해서 해결될 일이 아니라는 판단으로, 힘겨운 고민이 있어도 아무 일 없는 듯 말을 아끼고자 할 거예요. 그러나 그만한 고민은 애를 써도 겉으로 티가 나기 마련이에요. 시무룩해져서 시원찮은 대답만 되풀이한다면 상대방은 지칠 거예요.

구체적인 사정을 전부 말하지 않아도 괜찮아요. 다만, 적어도 '나 때문인가?' 하는 불안에 떨지 않도록 "요새 가족 일로 마음이 심란해서 이번 약속은 다음으로 미루는 게 나을 것 같아, 미안해." 혹은 "요즘 내 상황이 복잡해서 당분간 지친 모습일 수 있어. 자세한 얘기는 나중에 상황이 나아지면 말해줄게."라는 사려 깊은 한마디로 애타는 마음을 다독여주세요.

뿐만 아니라, 다투다가 홧김에 자리를 박차고 나서거나 며칠 또는 몇 주간 연락을 끊고 잠수를 타는 모습도 옳지 않아요. 상대방이 기다릴 시간과 느낄 고통에 무심해지지 마세요. "머리 좀 식히고 올게.", "각자 생각할 시간을 갖고 다시 얘기해보자." 그렇게 걱정을 덜어주고 얼마 뒤 다시 자리로 돌아와 진중한 대화를 나눠보기로 해요.

이 작은 습관으로 다루기 어려웠던 감정을 잘 표현할 수 있게 되면 좋겠어요. 각자 자신이 감정의 주체라는 점을 잊지 말고 걸음마를 떼듯이 한 줄, 한 문단으로 감정 표현을 성장시키며, 불안정했던 주변 분위기를 안정되게 흘려보내길 바라요.

혼자가 아닌데도 왜 외로운 걸까요

누군가에게 의지하고 싶은 마음이
자신의 생각보다 훨씬 더 강했던 건 아닐까요?

연인 사이에는 서로가 서로에게 소중함을 느끼고 그만큼
공유하는 감정도 많다 보니 자연스레 함께하는 시간이 그
무엇보다 우선시되기를 바라는 마음이 클 거예요. 그러나
각자 자신의 삶에서도 책임져야 할 부분이 늘어가고 있어
요. 온전한 휴식도 자기 관리를 위해 필요하고요.

다른 관계나 일에 밀려나는 기분이 들지 않도록 서로 조금 더 배려해주고 이해로 보답하는 자세가 바람직하지만, 간혹 의도치 않게 연인을 서운하게 만드는 순간이 생기기도 해요. 나아가, 비슷한 상황이 반복되면 작은 서운함이 걷잡을 수 없이 불어나 곧이어, '혼자가 아닌 둘인데도, 나는 왜 자주 외로움을 느껴야 할까.'라는 의문에 사로잡혀요.

이때, 상대방에게 관심을 두기보다 자신의 마음 상태를 먼저 확인해보기를 권유하고 싶어요. 현재의 연인에게 혹은 꼭 그가 아니더라도 누군가에게 의지하고 싶은 마음이 자신의 생각보다 훨씬 더 강했던 건 아닐까요? 연인의 우선순위에서 밀려나는 기분이 들거나 연인에게 특별한 존재로 자리매김하지 못했다는 생각이 들 때, 심한 박탈감을 느끼면서요.

기대고 싶은 마음을 조금 덜어내는 연습이 필요하다고 생각해요. 그에게 의지하고 싶을수록 그런 자신을 내 쪽으로 힘껏 당겨와서, 내 삶의 우선순위를 재정비하는 계기로 삼아보는 거예요. 연인에게서 소속감을 찾고, 외롭고 공허한 마음을 채우려 하면 뜻대로 굴러가지 않는 현실에 스스로가 더 괴로워져요. 또한, 내가 나를 모르거나 나만의 삶이 확고히 자리 잡지 못했을 때는 상대방의 시간에 일방적으로 맞춰주는 삶을 살아가기 쉽고요.

　연인과의 관계를 '우리는 하나야', '내가 그 사람의 1순위여야 해.'라고 접근하기보다 각자 자신만의 삶을 지닌 삶의 동료로 받아들여보세요. 함께 걸으며 삶의 고민을 나누는 존재로요. 가장 가까이서 서로의 꿈을 응원해주고, 힘들 땐 잠시 서로에게 몸과 마음을 기대기도 하면서 서로 도움을 주고받는 관계로 발전해가요. 그러기 위해선 각자의 영역을 지킬 수 있도록 의식적인 노력이 필요해요.

　나만의 영역을 넓혀보면 어떨까요? 연인과의 관계에 내 모든 것을 맡기기보다 관계의 폭을 조금 더 넓게 정의하고, 내 삶의 동료들을 곳곳에 두세요. 다른 관계, 운동, 색다른 취미 생활, 그리고 나 자신과의 대화까지. 삶의 다양한 즐거움과 유익함을 직접 경험해본다면 상대방의 영역을 받아들일 때에도 이해의 폭이 훨씬 더 넓어질 거라 믿어요.

삶의 우선순위는 사람마다 다르고, 나이와 상황의 변화에 따라 얼마든지 변해요. 그때마다 오로지 내 삶의 방식만 옳다 혹은 중요하다고 생각하지 않았으면 해요. 내 시간과 미래, 내 힘듦과 편의만 생각하다 소중한 연인의 마음에 소홀해져서는 안 되잖아요. 내 삶을 아끼는 만큼 내 곁을 지켜주는 사람의 성향과 우선순위에도 세심한 관심을 기울이고, 다름에서 오는 아쉬움을 헤아려주고, 그의 삶 또한 존중해야 한다는 걸 유념해두세요.

든든한 진심을 보여주세요. 서로 다른 삶의 방식에 대해 지속적인 배려와 이해를 하려면 '이 사람이 나를 사랑하고 있구나.' 하는 그 믿음이 건재해야 해요. 서로에게 오롯이 집중할 수 있는 시간 또는 공간을 마련해보아요. 연락이든, 데이트든 단순히 횟수가 중요한 게 아니라 진심 어린 마음이 연인에게 온전히 가닿는 것이 중요해요. 진득하게 마음을 표현해보세요. 배려해줘서 고맙다는 말도 늘 전하면서요. 마음을 나누는 사이니까요. 작은 마음이라도 꾸준히 아낌없이 표현하며 지냈으면 좋겠어요.

제가 너무 많은 걸 바라는 걸까요

이제는 내가 원하는 사랑이 있으면
상대방이 기대하는 사랑의 모습도 있다는 걸 되새기며,
한걸음 물러나 그의 방식을 조금씩 받아들이는 중이에요.

혼자에 익숙해졌을 즈음, 다시 사랑이 시작된다는 벅찬
기쁨에 남모를 기대를 품었을지도 모르겠어요. 어떤 방식으
로 함께 삶이라는 시간을 나누게 될지 고민해보면서 마음이
들뜨죠. 그러나 막상 연애를 시작하면 그 들뜬 마음이 괜스
레 무안해지게, 종종 '내가 너무 많은 걸 바라는 건가.'라는

고민에 잠겨요.

연락이나 데이트 성향, 기념일에 마음을 표현하는 방법 등 연인 사이의 '기본'에 대한 생각이 사람마다 참 다르더군요. 각자 사랑을 주고받는 나름의 기준과 질서가 있으니까요. 그에 따라 내가 원하는 만큼, 원하는 방식으로 충분히 사랑을 받기도 어렵고, 내가 건네는 사랑을 온전히 그대로 받아들이고 고마워하는 사람을 만나는 것 또한 쉽지 않아요.

무릇 삶이란 내 마음대로 되지 않는 것투성이잖아요. 내 예상대로 흘러가는 법이 없죠. 그걸 아는데도 사랑 앞에서 만큼은 왜 그렇게 고집을 피웠는지 몰라요. 내 기준에서 살짝만 어긋나도 불안해하고 상대방의 진심에 의문을 품거나 뾰로통한 표정을 하고 심술을 부리기도 했죠. 상대방도 사람인지라 완벽을 바라서는 안 되었어요. 나 홀로 실망과 서운함, 외로움이란 감정에 휘말려 옆 사람 또한 한없이 외롭게 만들었던 것 같아요.

한때, 풍성하게 채우는 것만이 사랑이라고 생각해서 무언가를 해주길 바라는 마음을 잔뜩 쌓아갔는데요. 오랜 시간 시행착오를 거치며, 내 기대를 때에 맞게 적절히 내려놓는 모습 또한 상대방을 향한 우직한 마음이라는 걸 깨달았어요. '그럴 수도 있지.' 정신이 필요했죠. 이제는 내가 원하는 사랑이 있으면 상대방이 기대하는 사랑의 모습도 있다는 걸 되새기며, 한걸음 물러나 그의 방식을 조금씩 받아들이는 중이에요.

이제와 보니 내 기준을 조금만 유연하게 가져갔더라면 나도, 상대도 덜 힘겨웠을 수 있겠다는 생각이 들더라고요. 사랑에 임할 땐 오로지 내 기준에만 얽매여 꼼짝 않기보다 마주앉아 서로의 기대와 이상에 대해 나누고, 명확한 의사 표현으로 의견을 조율해보기를 원해요. 그래야 나만의 질서를 넘어 마침내 우리만의 질서가 만들어질 테니까요.

그러나 기대를 무한정 내려놓을 수는 없죠. 누구나 '나는 이럴 때 사랑받는 기분이 들어.', '이런 사랑을 나누면 마음이 안정되고 따뜻해져.'라는 자신만의 최소한의 욕구를 가지고 있으니까요. 보통 이 최소한의 기대가 무너지면 스스로가 초라하게 느껴져요. 기대를 내려놓을 때마다 나 자신의 가치가 흔들리고, 서럽고 비참한 기분이 들어요. 그러면서 상대를 향한 마음이 한 움큼씩 뚝뚝 떨어져나가죠.

　서로 다른 성향과 환경 속에서 2, 30년 이상을 살아온 두 사람이 관계를 이루어갈 땐, 대화를 통한 양보와 타협 그리고 그에 걸맞는 적극적인 노력이 필요해요. 그런데 한 사람이 "난 원래 이런 성향이야.", "이게 나야." 하며 자신의 입장만을 고수하고, 다른 한 사람이 그에 일방적으로 맞추기 위해 무리하게 희생한다면 결국 지칠 수밖에 없어요. 각자 노력할 수 있는 수준까지는 해보고, 서로의 노력을 지켜봐주면서 서로의 욕구가 존중될 수 있는 환경을 만들어가요.

　양보와 타협의 과정에선 자신이 감당할 수 있는 만큼만 내려놓으세요. 기분 좋게, 기꺼이 내려놓을 수 있는 정도로요. 배려와 이해도 스스로에게 고통스럽지 않은 선에서 이루어져야 해요. 그걸 못 해낸다고 내 능력이 부족한 게 아니에요. 무작정 자신을 혹사시키지 말고 서로 최소한의 배려를 성실하게 해내는 관계 내에서 이해의 폭을 넓혀가요.

　한 사람에게 모든 노력을 미루지 않고 각자의 몫을 다하며 서로 노력하는 관계. 그에 더해, 서로의 배려와 양보 덕분에 자연스레 편안함을 느끼고 그것을 잊지 않고 감사함을 전하는 관계. 혹여, 상대의 기대를 저버릴 수밖에 없는 안타까운 상황을 맞닥뜨렸을 땐, 다른 방식으로라도 사랑을 보답하려 노력하는 관계. 그런 관계 속에서 사랑을 배우고 키워갔으면 해요.

우리가 한 사람에게 마음을 내어주는 건 단순히 연락을 잘해줘서 혹은 깜짝 놀랄만한 선물을 해줘서가 아니라 그저 단지 '그 사람이라서'잖아요. 그런데 그렇게 존재 자체만으로 좋은 사람이 내게 한 번 더 연락해주고, 나와 함께 가보고 싶은 곳을 찾아보며 내가 바라는 사랑 방식에 귀 기울여준다면 그 사람을 좋아하는 내 시간도 좀 더 가치 있어지지 않을까요? 한결 더 소중하고 행복해질 것 같아요.

우리의 인생에서 지금 이 시간은 다시 돌아오지 않을 시간이잖아요. 스물다섯이든, 서른다섯이든 그 귀중한 시간을 촘촘히 정성들여 가꿔주는 사람 곁에 머무르고 나 스스로도 그런 사람이 되어갔으면 좋겠어요. 그래야 웃는 날들이 늘어가죠. 내가 행복한 사랑을 하세요. 짧은 순간에도 서로의 시간을 가치 있게 만들어주는 사랑을 나눠요. 서로의 가장 빛나는 순간들을 함께 만들어가요.

이해되지 않는 모습을 바라보는 것도 좋아요

사랑하는 사람을 바라보는 방법은
나 자신을 바라보는 법과 크게 다르지 않았어요.

사랑하는 사람의 어릴 적 이야기나 그 사람만이 간직한
소소한 일화를 들으면, 그동안 고개를 갸우뚱하게 만들었
던 그의 행동이 '아, 그래서 그랬던 거구나.' 하고 단숨에 받
아들여지는 순간이 있어요. 억지로 이해하려 애쓰지 않아도
말이에요. 그가 내어준 의자에 앉아 눈앞에 펼쳐지는 그의

삶을 감상하고 나면, 그 사람을 이루는 작은 조각조각들이 모이고 기워져서 내 품 안에 들어와요.

사랑하는 사람을 바라보는 방법은 나 자신을 바라보는 법과 크게 다르지 않았어요. 내 모습 중에도 '나는 왜 그럴까.' 싶은, 나조차도 이해하기 어렵고 마음에 안 드는 부분이 있기 마련이잖아요. 내가 사랑하는 사람에게도 지금의 나로선 온전히 이해하기 어려운 부분이 존재할 수밖에 없더라고요.

마음에 들지 않는 내 모습일지라도 나의 일부라고 생각하며 안아줄 수 있듯이, 상대방의 이해하기 어려운 모습을 부정하지 않고 그저 바라봐주는 거예요. 언젠가 그가 스쳐 지나가듯 들려주는 이야기에서 그가 그렇게 생각하고 행동할 수밖에 없던 이유를 깨달아 마음의 빗장이 열릴 때가 올 테니까요. 그때 가서 또 하나의 조각을 받아들이면 되더라고요.

이해되지 않는 모습을 바라봐주는 것, 이 또한 그가 지금 내 옆에 있으니 가능한 일 아니겠어요? 그 사람에 대해 더 알게 될 순간들을 기대하며 함께하는 시간을 즐겨보았으면 해요.

문득, 서로의 첫인상이 어땠는지 묻거나 함께 첫 만남의 회상에 잠긴 적이 있나요? 우리만의 시간이 천천히 무르익던 어느 날, 예고 없이 지난 시간의 비하인드 스토리가 흘러나오죠. 둘만의 추억을 이야기하는 가운데서 그동안의 크고 작은 오해들에 대해, '이 또한 배려였구나.', '그 사람의 노력이었구나.'라며 비로소 이해될 때가 있어요. 매 순간 사랑을 받고 있었다는 사실에 감격스러워지죠. 더불어 '우린 참 많이 다르구나.'라고 생각하며 한참을 고민하게 만들었던 부분이 어느새 '생각보다 우리 꽤 많이 닮았구나.' 하는 부분으로 새로이 자리 잡기도 하죠. 그 순간, 진한 애정이 샘솟고 지금 내 옆에 있는 이 사람의 존재가 새삼 특별하게 느껴져요.

나도 상대방에게 들려주는 연습을 시작해보면 어떨까요?

나 아닌 누군가를 알아가는 여정이 생각만큼 순조롭지만은 않더라고요. 마치 스무고개를 하는 것처럼 간신히 답을 듣거나 때론 그마저도 듣지 못하기도 해요. 형식적인 단답형 문답만 오고가면서 서로 간에 벽이 느껴지기도 하고요. 함께하는 시간이 길어도 좀처럼 친밀감이 들지 않고 그 시간이 지루하고 공허하게 다가오는 경우도 있죠.

한 사람을 만나 그가 세상을 바라보는 관점을 곁에서 배우고, 그의 생각과 감정, 습관 하나하나를 음미할 수 있는 건 사랑을 하며 얻을 수 있는 축복이라고 생각해요. 그 사람의 삶의 이야기를 들을수록 그가 사랑을 주고 받아들이는 방식에 대한 이해도 깊어지죠. 나의 연인이 나를 알아가고 사랑의 깊이를 더해가는 과정에서 혼자 고생하지 않도록 친절히 내 이야기를 먼저 들려주세요.

비단 나의 연인을 위해서만은 아니에요. 나 자신에게 선사하는 축복이기도 해요. 내 이야기를 담백하게 풀어놓으면, 부끄러워 감추고 싶었던 모습마저도 나 아닌 다른 한 사람에게 있는 그대로 받아들여지는 경험을 할 수 있어요. 그순간 덕분에 오롯한 나 자신에 한 발짝 더 가까워지고 그만큼 타인을 대하는 품도 한결 너그러워지고요.

늘, 누구에게나 나 자신이 있는 그대로 받아들여지기는 어려울 거예요. 혹시라도 힘겹게 꺼내놓은 이야기가 약점이 될까 봐 겁이 나기도 할 테죠. 그러나 내가 사랑하는 사람을 믿고 그에게 나를 드러낼 용기를 가졌으면 좋겠어요. 늘 좋은 모습만 보여주고 싶겠지만 가끔은 흐트러진 모습도 괜찮아요. 사랑하는 사람의 눈동자에 내 모습들이 한 아름 담기는 그 순간들이 좋은 기억으로 자리 잡을 테니까요.

인생을 함께할 수 있는 사람은 어떤 사람인가요

나라는 사람을 오랜 시간 관찰하고,
자신의 말이 나에게 어떤 영향을 줄지
진중하게 고심해본 흔적이
그의 목소리와 시선에 그대로 묻어났죠.

떠올리기만 해도 마음 한편이 든든해지는 존재가 있나요? 어떤 어려움을 얘기해도 "너는 잘 해낼 거야." 하며 나만의 응원군이 되어주고 유난히 사소한 일들이 자꾸만 어그러지는 날, 내 속내를 여과 없이 털어놓아도 나를 다르게 해석하지 않는 사람 말이에요. 그뿐만 아니라 그 사람은 내 작은 허물을 보았을 때 굳이 콕 집어서 무안을 주기보단 아무 일 아니라는 듯 모른 척 지나가 주기도 하죠. 세상이 어떤 편견으로 나를 단정 짓든지 상관하지 않고, 따스한 손길을 멈추지 않는 사람이에요.

제게도 그런 사람이 있었어요. 그의 존재가 또 한 번 감사해지는 순간이 있었는데, 자칫 우리 사이가 불편해질 수 있다는 걸 알면서도 저를 위한 우직한 조언을 건네주는 거예요. 아무 생각 없이 휙 던지는 말로 마음에 상처를 남기고 가는 것과는 달랐어요. 나라는 사람을 오랜 시간 관찰하고, 자신의 말이 나에게 어떤 영향을 줄지 진중하게 고심해본 흔적이 그의 목소리와 시선에 그대로 묻어났죠.

사진은 거울로 보는 내 모습과도 다르고, 누가 찍어주느냐에 따라서도 달라지잖아요. 그처럼, 나라는 사람을 잘 알기 위해선 자기 스스로를 돌아보는 것뿐만 아니라 여러 사람의 시선을 통한 상호작용이 필요하다고 생각해요. 서로 다른 경험과 생각을 가진 다양한 사람들 속에서 새로운 시선으로 나를 돌아볼 기회를 얻는 거죠.

물론, 내 부족함을 일일이 들추어내어 나를 낮추고 주눅 들게 만드는 목소리는 멀리하는 게 좋아요. 이래라저래라 하며, 내 시간과 성장에 함부로 관여하는 말이 아닌, 나 스스로 그 길을 걸어 나가게끔 묵묵히 지켜봐 주는 신중한 눈길이 필요해요. 그러나 나 때문에 많은 사람들이 불편함을 느끼고 상처받을 수 있는 태도에 대해서만큼은 나를 올곧게 바로잡아주는 목소리를 듣고, 진정성 있게 고민해봐야 한다고 생각해요.

내 삶에 문을 두드려, 자신의 신념과 의지로 나를 변화시키는 존재가 있다는 게 얼마나 멋진가요. 나를 위해 기꺼이 수고로움을 감당하는 것이니까요. 그 사람의 지지 덕분에 나도 더 노력하고 싶어져요. 혼자서는 쉽게 간과할 수 있는 문제들을 사랑하는 사람의 입을 통해 들을 수 있어서 더 좋았어요. 누구보다 더욱 나를 발전적으로, 어엿한 사람으로 이끌어주죠.

서로의 시선을 공유하는 것도 사랑이라고 생각해요. 그로써 서로가 더 나은 사람으로 성장하도록 도와줄 수 있죠. 그 아름다운 교류를 가장 가까운 사람과 이루어내 보세요. 이 또한, 내 삶의 동반자 그리고 온전한 '내 편'이기에 함께할 수 있는 일 아니겠어요?

　그러나 아쉽게도, 매번 조언을 받아들이긴 어려울 거예요. 순간적으로 '나에 대해서 얼마나 안다고.' 생각하며, 방어하게 되죠. 그러나 나에 대한 애정과 존중을 갖춘 조언을 처음부터 멀리하지는 마세요. 나에 대한 애정이 있는 사람이 들려주는 말을 놓치다가, 무례한 사람에게 그 말을 듣고는 쉽게 무너져 내릴지도 몰라요. 반대로, 내가 먼저 따끔한 조언을 요구해도 받아들이지 않을 거라 생각해 그저 듣기 좋은 말만 들려줄지도 몰라요.

　상대방이 손 편지나 꽃 한 송이를 건네줄 때와 마찬가지로, 애정이 깃든 조언도 그것을 받아들이는 마음이 중요해요. 당장은 내 부족함에 대한 비난과 공격으로만 들릴 수 있어요. 그러나 한 발짝 물러나 다시 생각해보면 곱씹을수록 앞으로 내가 노력해가야 하는 부분에 대해 도움을 얻는 계기로 받아들일 수 있을 거예요. 내게 조언을 건네준 사람이 이미 어떻게 해야 할지 자세히 알고 있을 테니까요. 나 혼자서 터득하려는 것보다 한결 수월할 거예요.

　누구나 저마다의 부족함을 가지고 있고, 누구나 도움이 필요한 존재들이라는 걸 인정해보세요. 나와 의견이 다를수록 더욱 신중히 들어보세요. 인생의 동반자와는 앞으로 끊임없이 수많은 변화를 함께 맞이할 테니까요. 좋은 삶의 동반자는 자기 자신에게도, 타인에게도 더 나은 사람이 될 기회를 주고 동시에 그 기회를 유연하고 책임감 있게 받아들일 줄 아는 사람이라고 생각해요.

　서로의 성장을 함께하는 사이는 그 무엇보다 깊은 신뢰가 바탕이 된 인연이 될 거라 믿어요. 또한, 서로의 부족함에 관해 대화를 나눌 수 있을 만큼 단단한 자아를 가진 두 사람은 사랑할 때도 건강한 자세로 최선을 다할 수 있을 거예요. 든든한 '내 편'이 주는 또 하나의 뭉클함을 놓치지 말아요.

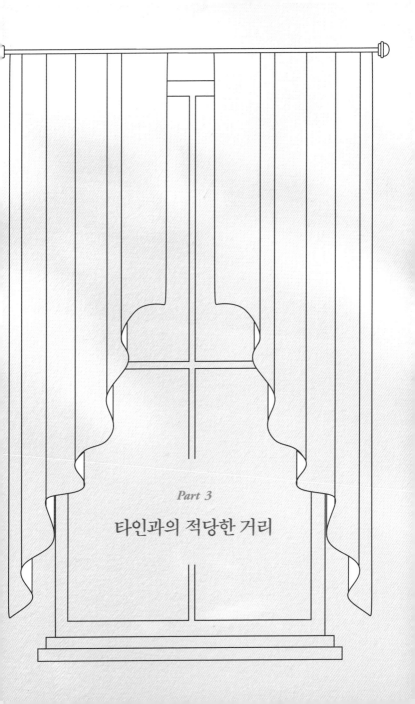

Part 3

타인과의 적당한 거리

관계를 끊어내면 괜찮을 줄 알았어요

정작 나와 맞지 않는 사람이란
나와 맞춰가려는 노력을 하지 않는
사람이라는 걸 알았죠.

저는 좋고 싫음이 분명해서 제 마음을 어렵게 만드는 주변 사람들을 칼같이 끊어내기 바빴어요. 함께 시간과 추억을 쌓아온 친한 친구들이야 다방면으로 이해해보려 노력했지만, 그 외의 사람들에겐 작은 것 하나 어긋나도 과도한 신경을 쓰고 그 하나를 이유로 돌아선 적이 많아요.

보통 관계를 끊어낸다고 하면 자신을 위해 관계의 잔가지들을 쳐내는 일이니 속 시원할 것만 같죠. 그러나 그 속을 들여다보면 겉으로 보이는 것만 같지는 않아요. 후련한 마음이 드는 건 그동안 복잡하게 얽힌 감정과 스트레스로부터 한순간 벗어났기 때문이었어요. 관계를 끊어내기로 한 선택이 내 삶에 이롭다, 나를 한 단계 발전시킨다고 판단할 수 있는 지표는 갈수록 희미해지더라고요.

그 과정 중에 가장 힘들었던 건 관계를 끊어낼 때마다 매번 내 감정을 단번에 내려놓아야 했고, 덩달아 체력도 바닥에 내려앉는 듯 했다는 거예요. 당시에는 몰랐는데, 인연을 맺고 끊으면서 많은 상처들이 생겼죠. 예전에는 갈등 없이 내 선에서 정리하면 마음이 편하다고 생각했었는데, 거듭하다 보니 이러다 지친 마음 때문에 멀쩡한 인연들과도 긁어 부스럼을 만들겠다 싶더군요.

물론 결단이 필요한 경우도 있어요. 끊임없이 우열을 가리며 막말을 일삼거나 자기 잘못을 인정할 줄 모르는 이들 곁에서 괴로워하지 않아도 돼요.

그러나 나와 맞고 안 맞음, 좋고 싫음을 결정하는 기준이 지나치게 엄격하지는 않은지 돌아보세요. 내 입장에선 충분히 고민해보고 수차례 기회를 주었다는 판단 하에 관계를 정리한 것이더라도, 상대방 입장에선 갑작스러운 일이라 상대방 또한 놀라고 상처받을 수 있다는 걸 염두에 두어야 해요.

어쩌면 분명한 말 한마디 없이 혼자 삭이다 뒤돌아서는 내가 누군가에겐 맞춰가려는 노력을 하지 않는 사람으로 보였겠구나 싶어요. '말을 해서 아는 사람이면 애초에 안 그랬겠지.' 하는 그 심정은 이해하지만 그 또한 상대방의 대답을 듣기 전까진 나 혼자만의 판단에 불과하잖아요. 일단 말이라도 제대로 해봐야겠다 싶더라고요.

여러 번 보아도 늘 처음처럼 마음에 울림을 주는 영화 〈오만과 편견〉 속 한 구절이에요.

"무언가 부족한 것이 있다는 건 오히려 다행인 일이야. 만약 모든 준비가 완벽하다면 반드시 실망하는 일이 생길 테니까."

과거의 나는 내 오만함을 자각하지 못했던 것 아닐까요.

나 또한 불완전한 존재라는 걸 깨닫지 못하고, 타인을 판단하는 나는 꽤 완벽하다고 여기면서 말이에요. 그러면서 타인의 실수를 볼 때마다 실망하며 함부로 점수를 매긴 거죠. 결코 나도, 상대도 완벽하지 않아요. 상대방은 완전하지 않은 내 모습을 여태 넓은 품으로 감싸와 준 걸요. 오만함을 내려놓을 때 비로소 타인의 방식을 인정할 수 있는 틈이 생겨요. 그들의 작은 허물에 시선을 두기보다 누구에게나 배울 점이 있고, 다양한 사람들과 함께 어우러질 때 더 나은 삶을 살게 된다는 걸 기억해보세요.

"편견은 내가 다른 사람을 사랑하지 못하게 만들고, 오만은 다른 사람이 나를 사랑할 수 없게 만든다."

관계에 너무 예민하게 날을 세우면 괴롭고 지치는 건 바로 나 자신이에요. 지금의 내가 가진 한계로 받아들일 수 없는 사람을 칼같이 끊어낸다면 사람을 보는 시야는 점점 좁아질 거예요. 시간을 넉넉히 두고 그 사람을 다른 시선에서 바라보려는 노력을 해보세요. 이전에는 받아들일 수 없었던 상대방의 모습에서 그 사람만의 아픔도 보이고 미묘한 변화도 알아차리게 돼요.

당장엔 나와 잘 맞는 사람과 함께 하는 것이 좋겠지만 언젠가는 그들과도 맞지 않는 부분이 생겨나 충돌이 빚어질 거예요. 내가 세운 기준도 변하기 마련이잖아요. 맞는 사람과 맞지 않는 사람을 지금 내가 가진 기준으로 정하고 벽을 세우기보다, 관계 속 크고 작은 갈등과 위기의 순간을 슬기롭게 헤쳐나가는 기초 체력을 먼저 길러보는 거예요. 먼저는 스스로를 고립시키기보다 유연하게 어울려보는 거죠. 내 삶을 멀리 내다봤을 때, 그 방향이 나에게 훨씬 더 이로울 거라 믿어요.

애초에 나와 맞고 맞지 않는 사람을 애써 힘들게 구분하려 했던 게 스스로를 더 지치게 만들었어요. 정작 나와 맞지 않는 사람이란 나와 맞춰가려는 노력을 하지 않는 사람이라는 걸 알았죠. 이제는 내 심리적 저지선이 무너질 때까지 가만히 두고 보다가 한순간 휙 돌아서지 않아요. 대신 내가 예민한 부분에 대해서는 조심해줬으면 좋겠다고 미리 명확히 일러두는 거예요. 그렇게 관계를 원활히 이어나가는 것도 하나의 능력이 될 수 있겠구나 싶어요.

관계는 내 불완전한 부분을 수면 위로 떠오르게 만들어줘요. 섣부른 단절보다 관계 속에서의 배움을 선택하길 바라요. 타인을 내 삶에 들여놓아 생겨나는 일들을 통해 나에 대해 알게 되고 사람과 세상을 깊이 이해하게 될 때, 비로소 성숙해질 수 있다는 걸 기억해요. 아직은 더 다양한 사람을 내 안에 담아보세요. 지금은 한창 사람을 배워가는 때니까요.

좋은 사람이 아니라서
좋은 인연을 만나지 못하는 걸까요

스스로에게 질문을 던져보세요.
나는 과연 '누구에게' 좋은 사람이고자 하는가.

"내가 좋은 사람이 되어 내게 좋은 사람이 오도록."

SNS 프로필에서도 자주 볼 수 있는 낯익은 문구죠. 그런데 누군가는 이 문구를 본래의 의미와 다르게 받아들여요. "내가 좋은 사람이면 좋은 인연을 만날 수 있다고 하던데, 그럼 저는 나쁜 사람인가요?" 이 고민을 들었을 때, 제 마음이 무너지더군요. 그저 좋은 사람 만나서 남들처럼 행복해지고 싶은 마음뿐인데, 얼마나 고단했으면 그런 생각까지 하게 된 걸까. 한참 고민에 잠겼던 기억이 나요.

스스로에게 질문을 던져보세요. 나는 과연 '누구에게' 좋은 사람이고자 하는가. 여태 내가 좋은 사람이 되고자 노력했던 것이 그저 타인만을 위한 건 아니었는지 말이에요. 스스로 을의 입장을 자처하여 '나'를 잃은 배려만을 베풀고 있지는 않나요? 내 목소리에 더 귀 기울여주세요.

자기 자신에게 좋은 사람 또는 '나'를 사랑하는 사람이란 쇼핑을 하고, 맛있는 음식을 먹으며 자신에게 물질적인 만족을 주는 것만으로 충족되지 않아요. 우리는 관계 속에서 영향을 주고받는 존재잖아요. 얼핏 봐도 부정적인 영향을 줄 게 뻔한 사람을 아무런 제동 없이 받아들이는 건 스스로를 괴롭히고 멍들게 만드는 일이죠. 타인과의 굴레 속에서 우선 나 자신을 위할 줄 알아야 해요. 그리고 나서 나를 위한 만큼 타인을 존중할 줄 아는 사람이야말로 좋은 사람이라고 생각해요.

나에게 상처 주는 사람을 매번 밀어내기는 어려운 일이죠. 이미 우리의 삶에 깊게 들어온 인연들 가운데엔 오히려 그 연을 놓아주는 게 더 힘겨운 관계도 있는걸요. 갈수록, 주변 이들과 촘촘히 얽혀 있는 관계망에서 현실적으로 벗어나기 어려운 상황도 늘어갈 거예요.

　관계를 끊어내야 한다는 강박에 빠지지 말고 일단 그들과는 약간의 거리를 두세요. 내 마음이 쉽게 휩쓸리지 않도록 경계선을 정해보는 거예요. 그리고 그들에게 대처하는 힘을 길러 훗날, 그들이 끼치는 부정적인 영향력을 차단하는 데 의의를 두어보세요. 보통 인연을 끊어내라고 하는 말의 본질도 그들이 무엇을 하든 내겐 아무런 타격을 입히지 못하도록 나의 귀중함을 내가, 나부터 알아주자는 뜻이에요.

　꾸준히 비상식적으로 구는 이들을 볼 때면, 그들이 바뀌어야만 한다고 생각할 거예요. 그들이 잘못하고 있는 것은 맞지만 그들이 바뀌기는 쉽지 않아요. 그들을 붙잡아두고 탓하고 원망한들 내 상처가 치유되기는커녕 상황조차 나아지지 않더군요.

그들로부터 받는 상처와 스트레스를 줄이기 위해선 상황을 바라보는 시야를 넓혀보세요. 무례한 언사를 일삼는 그들에게 일일이 신경을 곤두세우지 않아도 돼요. 내 안에 먼저 여유를 만들어내세요. '저 사람, 요즘 마음이 복잡한가 보다.', '말하는 방식이 많이 서툰가보다.' 혹은 '예의가 아닌 걸 아직 모르는구나.' 그렇게 동요 없이 담담한 태도로 받아들이는 게 좋아요.

다만, 꼭 필요한 순간에서만큼은 "왜 그렇게 상처 주는 말을 하세요?", "말씀 좀 조심해주시겠어요?"라고 말할 수 있어야겠죠. 감정적으로 대응하기보다 내가 원하는 바를 분명하고 정중하게 전달해보는 거예요.

상대방의 말에 휘둘려 상처와 스트레스를 주는 대로 흡수하다보면 몸과 마음이 여기저기 다 상하고 말아요. 스스로 감당하기 어려운 순간이 찾아와요. 참고 피하는 것만이 능사는 아니더군요. 적당히 대처할 줄도 알아야 해요.

늘 배려하고 나보다 타인을 먼저 생각하느라 자신의 몸에 얽어놓은 쇠사슬을 이제 그만 풀어낼 때예요. 그들의 영향권에서 스스로 걸어나와요. 나를 만만하게 보고 갉아먹는 그들이 계속 쥐고 흔들 수 있도록 곁을 내어주지 마세요. 나를 사랑하는 사람이란 나를 존중해주는 사람이에요.

저는 좋은 사람보다 건강한 사람이 되자는 다짐이 마음에 더 와닿아요. 좋은 사람이라는 것도 타인의 주관적인 평에 지나지 않잖아요. 그러니 그 말에 필요 이상으로 의미를 부여하고 일희일비하지 않았으면 해요. 그에 비에 건강한 사람이 되자는 말은 '더도 말고 덜도 말고 건강하게만 지내라.'는 웃어른 분들의 말씀이 떠올라 마음이 평안해져요. 지금 이대로의 내 모습에 만족할 수 있는 기반이 되어주죠.

마음이 건강한 사람이 되고자 해요. 마냥 좋은 사람, 착한 사람 말고 똑똑하고 현명하게 제 할 말은 할 줄 아는 사람, 내 마음을 지켜낼 줄 아는 사람이요. 모든 사람이 우러러보는 본보기가 되지 않아도 괜찮아요. 구태여 과시할 필요도 없고요. 남들의 말과 시선에 얽매이지 않고, 나 자신이 변화를 느끼는 걸로 충분해요. 내 몸과 마음이 건강해지면 주변 사람들은 절로 긍정적인 기운을 얻을 수 있으니까요. 타인을 돌보기에 앞서 몸과 마음의 건강을 돌아보면 어떨까요?

내 마음을 알아주는 사람은 없는 것 같을 때

'내 마음을 알아주는 사람은 없구나.'
'이 세상에 정말 나 혼자구나.'
마음이 쓸쓸하게 뭉그러져요.

툭 건드리면 금방이라도 눈물이 날 것 같아요. 꾹 참고 웅크려 앉아 연락처 목록을 살피다 보니 유난히 또렷하게 들어오는 이름이 있어요. 기댈 존재가 있다는 것만으로 잠시나마 안심이 되죠. 나를 잘 아는 사람이 감싸 안아줄 때의 그 속 깊은 어루만짐, 그와 감정선이 맞닿을 때 느껴지는 뜨거운 전율은 상처받은 내 온 마음을 치유해줘요. 거창한 위로의 말보다 공감 그 자체가 회복약이에요.

공감 능력은 사람마다 천차만별일지라도 누구나 공감을 받고 싶어 해요. 나뿐만 아니라 우리 모두 공감이 필요한 존재들이죠. 하지만 참 애석하게도, 힘겹고 각박한 현실 속에서 공감이란 귀중한 자원이 희소해지고 있어요. 타인과 모든 것을 내가 원하는 만큼, 내가 원하는 방식으로 주고받을 수는 없더군요. 이 사실을 잊고서 막연히 공감을 바라면, 또 한 번 실망하게 될지 몰라요.

'내 마음을 알아주는 사람은 없구나.'

'이 세상에 정말 나 혼자구나.'

마음이 쓸쓸하게 뭉그러져요. 가슴을 찌릿하게 만드는 눈물에 움찔하면서도 아득히 먼 곳에서부터 밀려오는 외로움을 당해낼 재간이 없죠. 적막감 속에서 그나마 남은 미소를 지으며 애써 마음을 달래본 적 있나요?

스스로에게 미리 귀띔해줬으면 좋겠어요. 마음을 어루만

져주는 손길이 절실하다는 건 잘 알지만 기대한 것만큼 돌아오지 않을 수 있다고 말이에요. 너무 슬프게만 여기지 말아요. 떠올려보면 나 또한 타인의 힘든 상황에, 나를 찾는 목소리에 늘 최선을 다하기는 어려웠어요. 진정으로 누군가의 감정 그 자체에 공감해준 적은 손에 꼽혀요. 말을 가로채거나, 섣불리 조언하려 하거나 한술 더 떠서 내 이야기만 한껏 늘어놓은 때도 있었죠.

같은 상황도 사람마다 풀어가는 방식이 다르고, 몸소 겪어봐야만 알 수 있는 감정과 경험의 무게가 존재하니까요. 우리 그렇게 지내요. 마침 내 마음을 알아주면 고마운 것이고, 그러지 않는다고 해서 한마디라도 건네려는 그들의 노력과 진심을 함부로 평가하거나 당연시 여기지 않기로요. 말 한마디에 너무 많은 의미부여 말고 '이런 날도 있는 거지.' 하며 덤덤히 받아들여 보는 거예요.

다만, 오갈 데 없는 내 쓸쓸한 마음을 덩그러니 방치하지 말고 스스로 자기 편이 되어주세요. 두 손으로 가슴을 쓸어내리며 '당혹스러웠겠다. 아무도 몰라줘서 속상했지.', '괜찮아, 다 지나갈 거야.' 가슴 깊은 곳까지 위로의 기별이 전해지게요. 크게 한숨을 들이쉬고서 잠시 숨을 멈추었다가 천천히 내쉬기를 반복해요. 괴로운 마음을 외면하면 쫓기는 기분이 들더라고요. 숨과 함께 내 안에 들였다 토닥이고 나서 밖으로 흘려보내요.

  꽤 오랜 시간, 친구도 가족도 모두 밀어낸 채 혼자 웅크려 지낸 적이 있어요. 그러나 혼자 사는 집도 온전한 휴식처가 되어주지는 못하더라고요. 그때 유일하게 곁에 머물며 누릴 수 있던 것은 그림이었어요. 글에 비해 직관적이다 보니 마음에 여유가 사라진 상태에서도 긴 시간 향유할 수 있었나 봐요.

  그림을 통해 한 사람의 삶의 일대기를 잠시나마 들여다볼 수 있어 비밀스러운 삶의 동반자를 얻은 것처럼 든든했어요. 실내를 따뜻하게 밝히는 미술관의 조명도 편안하고 아늑하게 만들어주더군요. 미술관으로 향하는 거리에선 내 걸음 하나하나가 보살핌을 받는 기분이에요. 언제 어디서나 순간순간 그리운 곳이죠.

  사람에게서 얻는 것처럼 공간과 활동으로부터도 위로를

받을 수 있어요. 제 경우에 미술관이었던 것처럼, 마음의 평안을 이루는 곳이 있을 거에요. 커피를 유독 좋아하는 한 친구는 원두 고르기부터 커피를 내린 후 아끼는 찻잔에 따라 마시기까지 그 일련의 행위 속에서 마음을 다스린다고 해요. 나만의 안식처를 찾아 자연스레 회복하는 방법을 터득해야 해요.

타인의 위로를 받는 데에도 준비가 필요해요. 타인이 건넨 위로를 담아내지 못하면 밑 빠진 독에 물 붓는 식으로 이어가다가 결국엔 같이 주저앉고 말아요. 작게나마 건네받은 그 온기를 자양분 삼아주세요. 마음의 휴식과 위로를 얻을 뿐만 아니라 생각하는 힘, 그리고 타인에 대한 공감 능력 또한 길러낼 수 있어요. 자신의 아픔과 소통할 줄 아는 사람은 타인의 마음에도 귀 기울일 줄 알더군요.

때로는 온몸이 녹아 흘러내릴 것만 같은 괴로운 순간이 찾아올 거예요. 홀로 마음을 어르고 달래보았지만 그럼에도 나 하나 진심으로 대해주는 한 사람을 간절히 바라는 때, 스스로 자기 손을 놓을까 봐 겁이 나는 때 말이에요. 한없이 주변을 서성이며 눈치를 보기도 하죠.

그럴 땐 위로받고 싶다고 말해주세요. 말하기까지 고민한 시간과 속사정은 그 한마디에서 다 전해져요. 혹여나 자신의 서툰 말솜씨가 작은 상처라도 줄까 봐 머뭇거리는 사람이 있으면 모를까, 매정히 거절할 수 있는 사람은 많지 않아요. 평소 낯을 가리는 사람도, 무뚝뚝한 사람도 하나같이 자신 안에 숨겨두었던 따뜻함을 건네주려 노력할 거예요. 그 따뜻한 기운을 충분히 넘치게 받았으면 좋겠어요. 조금이라도 기운이 나는 시점에 자신을 일으키려는 용기를 가져보아요. 간절히 원할 땐 위로받고 싶다고, 위로해달라고 주변에 꼭 말해주세요.

친구 사이에도 권태기가 있나요

이제는 타인에게 내 마음대로 부여했던
의미를 거둬들일 때예요.
그제야 그들을 있는 그대로 바라볼 수 있더군요.

이상한 일이에요. 여태 잘 지내던 친구들의 말투, 행동 하나하나에 괜스레 짜증이 나요. 팔짱을 낀 채 삐딱한 시선으로 바라보게 돼요. 다가오는 연락이 힘겹게 느껴지는 와중에 하루가 멀다 하고 메시지 알림이 울려요. 나조차도 당황스러운 이 변화 속에서 뭐라도 해보려다가 얼떨결에 내뱉은 말 한마디가 두고두고 나를 괴롭히기도 해요. '내가 왜 그런 말을 했지?' 하며, 자책을 하죠. 딱히 이 사람들이 싫은 건 아닌데, 같이 보내는 시간이 재미있지 않고 오히려 기분 상하는 일만 자꾸 생기는 이 낯선 변화는 어떻게 풀어나가야 할까요?

우리는 진정한 친구, 인생 친구 등 자신을 둘러싼 관계에 종종 남다른 의미를 부여해요. 10년 친구, 20년 친구, 오래된 사이일수록 함께 보낸 시간 자체가 특별하게 느껴질 거예요. 그렇게 부여한 의미가 우리 사이를 끈끈하게 맺어주는 역할을 하기도 하지만 때로는 주객이 전도되어 각자 개별적인 존재가 관계 안에만 갇혀버려요. 은연중에 한 사람의 생각을 '우리'라는 이름으로 한데 묶어 무리 전체의 생각으로 여기곤 하죠. "너는 어때?"라고 물으며 상대의 감정과 생각을 듣고자 하는 모습은 자취를 감춘 지 오래예요. 한 사람의 생각만 남은 이 관계에 점차 의문이 들어요.

이런 경우도 있어요. 무리 내 지배적인 생각과 자신의 마음 깊은 곳에서 울리는 내면의 목소리 사이에서 시시때때로 갈등을 겪느라 체력을 소모해요. 달라진 관심사에 이따금 억지웃음을 짓고 친구의 생각에 공감되지 않아 답답하기도 하지만, 관계를 지키는 게 중요해 순간순간을 넘기고 있죠.

알게 모르게 서로 다른 두 입장 사이에서 난감하지 않았나요? 점점 이 관계 내에선 온전한 나로서 존재할 수 있는 자리가 보이지 않는다고 생각할 거예요. 그래서 자신의 감정과 욕구를 자유로이 표현할 수 있는 다른 관계로 돌아서기도 해요.

'권태'라는 단어는 지루함, 따분함, 아무런 감흥이 없는 상태를 주로 의미하죠. 이 시기에 대처하는 자세가 중요해요. 이제는 타인에게 내 마음대로 부여했던 의미를 거둬들일 때예요. 그제야 그들을 있는 그대로 바라볼 수 있더군요. 그 사람 자체가 보이더라고요. 한동안 멀찍이 떨어져 그들에게 두었던 특별한 의미를 거두고 기대는 내려놓고 그들과 나의 삶을 너그러이 관조하는 시간을 가지는 것. 그것이 바로 권태기에 우리가 해야 할 일이라고 생각해요.

이제는 지난 세월 맺어온 관계를 새롭게 재정립할 때예요.

개인 대 개인, 자아 대 자아로 접근해보세요. '나'와 '타인'은 각자의 감정과 생각, 가치관 그리고 욕구를 가질 수 있는 개별적인 영역이 필요하고, 그 영역을 서로 소통하며 존중해줄 때 비로소 건강하고 온전한 관계를 이루어갈 수 있어요.

친구도 분명 그 상태를 인지하고 있을 거예요. 친구의 배려가 다소 부족한 탓일 수도 있지만, 정작 내가 중점에 둬야 할 건 친구를 향한 내 시선의 변화예요. 오로지 내 기준으로 친구의 진가를 재고 있진 않나요?

상대방이 나를 존중해주지 않는다고 멀뚱히 불평만 하는 것이 아니라 먼저 그에게 양해를 구해야 해요. 나에게 혼자만의 시간이 필요하다고 말이에요. 그렇게 당분간 연락과 만남을 줄이고 마음의 휴식을 가져보세요. '오랜 세월 가까이서 지낸 만큼 각자의 시간이 필요했던 거구나.' 그러다, '참, 우리에게 이런 추억도 있었지.' 하며 다시금 친구가 그리워질 테니까요.

관계에 부여한 의미를 거둔 순간부터 관계와 사람에 대한 진정한 배움이 시작돼요. 그 시간을 충분히 가진 후, 서로의 가치관을 대화로 공유하며 관계 내에 필요한 새로운 질서를 고심해보세요.

우리는 진정한 친구인 줄로만 알았는데

다른 누구보다 믿고 의지했던 사람으로부터
받는 상처야말로 크고 깊어서
괴로워하는 게 우리의 모습이에요.

마음 나눌 수 있는 진정한 친구 한 명만 있어도 인생의 성
공을 거머쥔 것이라는 말을 한 번쯤 들은 적이 있을 거예요.
인생의 희로애락을 오랜 세월 함께 이야기할 수 있는 존재
란 얼마나 아름다운가요. 떠올릴 사람이 있다면 분명 큰 자
부심이 될 만해요.

그런데 나와 제일 가까운 사람이라고 여겼던 존재와 어긋나 어느새 서로를 할퀴기 시작해요. 우리 둘 사이는 다를 거라고 자만한 탓일까요? 함께한 시간이 길면 어느 한 쪽이 의도하지 않아도 생길 일은 생기더군요. 예전 같았으면 웃으며 가볍게 넘길 수 있던 친구의 말 한마디도 이젠 잠시 멈춰 한참을 고민해요.

줄곧 비슷한 고민들 속에서 지내오던 이들이 처한 환경이 달라지면서 각기 다른 속도로 저마다의 가치관과 태도를 형성해가고 있어요. 자신만의 성장통을 겪으며 '나'라는 하나의 독립된 인격체로 나아가는 것이죠. 그러나 이 변화를 앞서 인지하지 못한 채 서로를 향해 예전 10대, 20대의 모습을 떠올리며, '여태 그래왔으니까 괜찮겠지.'라고 안일하게 생각하는 순간 그 관계는 돌아올 수 없는 강을 건너기도 해요.

다른 누구보다 믿고 의지했던 사람으로부터 받는 상처야말로 크고 깊어서 괴로워하는 게 우리의 모습이에요. 내 마음을 제일 잘 알아준다고 생각했던 존재가 내 진심을 부정할 때면 공허함이 마음에 박혀 헤어나기 힘들어요. 지금까지 내가 했던 모든 노력이 하루아침에 무의미해져 마음이 새까맣게 물들어버리죠. 믿음을 나눈 사이에서 오는 배신감과 상실감은 마음의 타격으로 그치지 않고 신체적인 이상이 나타나기도 해요. 연인 사이의 이별에서만 일어나는 일이 아니었어요.

한밤중에 자다 일어나 내 잘못은 무엇이고 상대방의 잘못은 무엇인지 따지고 '나라면 안 그랬을 텐데.', '이렇게 했어야 하는데.' 하는 생각으로 잠 못 이뤄요. 다른 이들의 비슷한 고민을 들을 때도 그 친구와의 일을 끼워 넣어 되짚어보기 바빠요. 서로의 잘잘못만 헤아리면 이 답답한 마음이 풀릴 것 같아 쉽게 잊히지 않죠.

물론 처음부터 하나씩 짚어가며 시시비비를 가려내는 방법이 도움이 되는 상황도 있어요. 그러나 때론 이미 벌어진 일이라고 단념하고 앞으로 같은 상황이 벌어진다면 어떻게 대처할 것인지를 고민하는 방향이 일상의 평안을 지키더군요. 누구의 잘못에 대해 면죄부를 주려는 게 아니에요. 잘잘못을 가리려 할수록, 상대방을 향한 감정을 붙잡을수록 결국 나 자신이 피폐해져요. 온전한 나를 위해, 위태로워진 관계의 향방을 더는 흔들지 않기 위해 그러지 말아요.

마음에서 잠시 놓아주세요. 그에게 내 속사정을 알아달라고 애원하는 마음도, 서로의 잘잘못을 가리고자 하는 노력도 아직은 내 마음에서 놓지 못했기 때문이에요.

굳이 아픈 말을 남기지 않아도 돼요. 서로의 입장이 다를 뿐이지 그도 나와 비슷한 감정을 느끼고 있을 테니까요. 지금은 서로의 마음을 온전히 헤아리기 어려운 상태구나, 하고 생각해봐요. 무심코 떠오르는 기억에 종종 가슴이 따끔해도, 마음에서 거리를 두면 깊어진 감정의 골도 점차 메워지고 그때 그 시절을 향한 애틋함만 남게 될 거예요.

다급한 마음에 저물어가는 인연을 내 쪽으로 끌어와 억지로 맞추려고 하면 오히려 감정적인 싸움으로 크게 번지기 쉬워요. 관계의 끝을 재촉할 뿐이에요. 놓아줘야 할 때를 기민하게 알아채야만 해요. 애써 붙잡아두다가 다시는 돌아볼 수 없는 사이로 남기보다 지금은 서로의 앞날을 응원해주고

각자 자신이 걸어가야 할 길에 집중하세요. 시간이 지나면서 원망과 미움, 오해도 차차 옅어지니까요. 시간이 흘러 다시 마주할 때, 그곳에서 못 다한 이야기들을 마저 나눠보기로 하고 다음을 기약해보면 어떨까요? 지금은 숨고르기를 할 때예요. 마지막 호흡에서 한 번 더 그 인연에 숨을 불어넣느냐는 온전히 나의 선택이에요.

내 사람과 내 사람이 아닌
관계를 구분 짓고 있나요

중요한 것은 그때그때 만나는 인연들에 대해
감사함을 아는 마음이에요.

평소 좁지만 깊게 대인 관계를 유지하는 성향이라 나의
사람이라고 여긴 이들만큼은 굳게 믿으며 그들과의 일상에
매진했던 적이 있어요.

그러나 나 아닌 타인에게 그리고 관계라는 것에 큰 의미
를 두어서 내 마음이 닳아 없어질 때까지 내어주다 보면, 어

느 한순간 모든 관계에 지치는 시기가 찾아오기도 해요. 내 사람들에게 아끼지 않고 온 마음을 쏟은 만큼 실망도, 좌절도 크게 돌아왔어요.

단순히 내 사람과 내 사람이 아닌 관계를 구분 짓기보다 '나'와 '타인' 사이에 적당한 거리를 만들어내는 것이 중요해요. 보통 거리를 둔다고 하면 상처받지 않기 위해 타인을 억지로 밀어내거나 혹은 그 상황을 회피하는 개념으로 받아들이곤 하죠. 그러나 아무리 선을 긋고 거리를 둔다 해도 우리가 상처를 주고받을 일은 많아요. 적당한 거리는 서로가 함께하기 위해 필요한 '건강한 의사소통'을 가능하게 해주죠.

서로에게 맞는 거리를 유연하게 조절해보세요. 상대방을 나와 한 몸인 듯 너무 가깝게 여기면 내 목소리를 내기보단 상대방이 내 마음을 먼저 알아주기만을 바라고, 서로에 대해 다 안다고 생각해 관심이 줄어들기 마련이에요. 그러다 타인의 아픔에 무감각해지고 말아요. 꼭 전해야 하는 말도 '우리 사이에 뭐.'라며 대수롭지 않게 흘려보내기 일쑤고, 지켜야 하는 예의와 존중도 자꾸만 어그러지고요.

건강한 거리를 유지하면 서로 질문하고, 들어줄 수 있는 틈이 생겨요. 그 틈에는 상대방을 향한 깊고 진한 관심에서 비롯된 사려가 깃들어 있는 거죠. 조금 틈이 생겼다고 금세 어그러지는 관계라면 애초에 존중이 제대로 자리 잡지 못했던 탓이 커요. 적당한 거리를 둔 덕분에 원활한 의사소통이 가능해지고, 그로써 서로에게 상처 주는 일을 사전에 방지할 수 있을뿐더러, 이미 상처 난 자리는 살뜰히 보듬어져요.

각자가 한 사람, 한 사람으로 존중받아 마땅한 독립적인 자아를 형성해가는 시기잖아요. 주변과의 관계에서 자신을 중심에 두고 나만의 울타리를 만들어가며, 타인과 주고받는 영향력을 조절해보세요. 정이 많고, 삶의 기준을 섬세하게 다루는 사람일수록 적당한 거리의 개념이 수많은 고민을 해결할 출발점이 되어줄 거예요. 내가 처한 상황과 마음 상태, 성향을 염두에 두고서, 나와 나를 둘러싼 모든 존재들 사이에서 지켜져야 하는 거리, 배려와 존중을 더 고민해보도록 해요.

영원히 지속되는 관계를 기대하며 내 사람이라는 구분을

짓고 지키는 일보다 훨씬 중요한 것은 그때그때 만나는 인연들에 대해 감사함을 아는 마음이에요. 여태 곁에 남아 있는 이들도 내가 유난히 괜찮은 사람이라서가 아니라, 어쩌다 닿은 우리의 인연을 소중히 여긴 상대방의 배려와 노력이 있었던 덕분이더군요. 그런 그들에게 고마운 마음을 잊지 말아요.

늘 불안과 두려움, 전전긍긍하는 마음을 달고서 관계에 임해왔는데 기대를 내려놓으니 오히려 그들과 보내는 시간 속에서 이루 말할 수 없는 기쁨이 찾아왔어요. 그들을 향한 순수한 애정과 온유한 마음이 샘솟아요. 더딘 걸음이었지만 이제는 나 자신이 타인에게 어떤 존재인지 찾으려 하지 않아요. 나와 타인의 삶으로부터 배울 수 있음에 의미를 두고, 그들과 한 시대를 더불어 살아볼 수 있음에 감사하기로 했어요. 또한, 그런 귀한 만남의 시간을 나에게 선물해줄 때 무척이나 뿌듯해요. 진정한 감사를 깨달은 이후론 정성과 진심으로 타인을 품에 안을 수 있게 되었어요.

'요즘 내가 만나는 사람'은 누구인가요?

요즘 나는 이 사람들과 행복해, 요즘 이 사람들이 내 하루를 조금 더 밝게 만들어주고 있어, 이렇게 생각하게끔 하는 사람들이 있나요? 한결같이 곁에 있어주는 가족과 친구들뿐만 아니라 새롭게 만난 사람일 수도 있어요. 혹여나 잠시 멀어졌던 과거의 인연을 다시 만나면 반갑게 맞이해주세요. 그저 흘러가는 인연인 줄로만 알았던 사람을 세월이 지나 다시 만났을 때, 그 자체로 얼마나 가슴 뭉클하던지요. 꼭 모든 비밀을 터놓을 수 있고, 쿵짝이 잘 맞는 사람이어야만 친구가 될 수 있는 게 아니더군요. 가끔 만나서 가볍게 안부를 물으며 선한 영향을 주고받을 수 있는 관계는 누구든 친구라고 말할 수 있어요. 깊은 사이만 추구할 필요는 없죠.

　삶의 어느 한순간 내게 다가와선, 발도장을 꾹 남기고 가는 이들, 다음에 또 만나면 좋고 아니어도 이대로도 좋은, 요즘 내가 만나는 사람들과 지금 이 시간을 즐겨보세요.

사람에 대한 미련이 사라졌어요

사람들과의 관계를 즐기기 위해서는
우선 사람을 향한 마음을 비워내야 하더군요.

어느 샌가 사람에 대한 미련이 사라졌어요.

'건강하지 못한 관계를 겪어와서 그런가.' 하고 지난날을
되돌아보았지만, 그것과 관계없이 시간이 흐르면서 자연스
럽게 사람에 대한 기대와 미련을 조금씩 내려놓을 수 있었
어요. 그 덕분에 여유가 생기고 차분해진 것 같아요. 이런 현

상이 특별히 제게만 찾아오는 것은 아니더군요. 사람마다 무뎌지는 시기가 조금씩 다를 뿐, 다들 그렇게 관계 속에서 자기 자리를 찾아가는구나 싶어요.

　나와 맞고 맞지 않는 사람을 구분하는 것과 내 사람이냐 아니냐를 따지려 했던 것, 또한 인연을 끊고 말고의 문제도 더는 의미가 없는 것처럼 느껴져요. 힘들게 구분하려 애쓴 것 자체가 사람에 대한 기대와 미련으로 생긴 불안과 두려움 때문이었어요. 사람들과의 관계를 즐기기 위해서는 우선 사람을 향한 마음을 비워내야 하더군요.

　마음을 비웠더니 제 앞에 앉은 한 사람을 한결 수월하게 이해하고 받아들일 수 있었어요. 알고 지낸 사람이든, 새로운 사람이든 그들의 이야기를 들을 땐 성급히 판단하기보다 편안한 마음으로 경청해요. 거절할 때나 불편함과 서운함을 표현할 때 부드러운 어조로 전하려고 노력하고요. 저부터 건강한 마음가짐을 가지려 노력해서 그 힘으로 관계의 끈을 탄탄하게 만들고 있어요.

　나와 다른 사람을 만나 아프기도 하고 괴롭기도 했지만

소중한 가치들을 얻어서 참 다행이라고 생각해요. 인연을 끊어내던 습관에서 아닌 것에 내 목소리를 낼 줄 아는 모습으로 발전시킬 수 있었어요. 집착과 미련을 버리고 나니 오히려 내 곁에 좋은 사람들이 훨씬 늘어났어요. 사람에 대해 더 잘 이해할 수 있는 계기가 되었죠.

자연이 그려낸 풍경처럼 사람을 품어보세요. 무지개의 부드러운 곡선을 따라 내 마음도 둥글게 빚고, 맑은 하늘의 구름이 주는 포근함을 가져보고요. 사람도 자연의 일부이기에 인간관계도 자연의 섭리대로 따른다면 순조로울 거라 믿어요. 존재 그대로를 바라볼 줄 알고, 소유하려 하지 않는다면 사람에게서도 자연이 주는 것만큼의 편안함을 느낄 수 있을 거예요. 계절이 흘러가게 두되 봄과 여름, 가을 그리고 겨울, 각 계절의 풍경을 즐기고 새삼 감사함을 느끼는 것처럼 사람에게도 느슨하게, 그러나 최선을 다해 마음을 기울여요. 관계가 영원할 거라고 믿으며 소홀히 대하지 말고 그들과 조화를 이뤄보세요.

관계 안에서 궁극적으로 나아가야 하는 길은 타인의 행동에 옳고 그름을 나누며 '저런 사람은 끊어내야겠구나.' 하고 여기는 게 아니었어요. 타인에게서 악한 면을 발견할 때, 동시에 내가 가진 악한 모습이 스쳐 지나가던걸요. 그럴 때 한발 물러나 '아, 나는 이런 사람이구나.' 하며 배워가는 것이라고 생각해요.

나에겐 타인인 그 사람도 자신에게는 '나'라는 존재예요. 나도, 타인도 모두 '나'를 찾아가는 여정에 놓여 있죠. 서로를 거울삼아서 자신을 더욱 명확히 보고, 각자가 추구하는 모습을 발견하고 실현해가는 것이더군요. 관계에 대해 위대한 정답을 갖고 있을 필요는 없어요. 그저 그 순간마다 나의 최선을 다하고 다음을 살아가는 것, 그뿐이에요.

여러 갈등과 위기의 순간마다 내 삶을 책임져야 하는 사람은 내게 실망을 안기고 간 그들이 아니라 바로 나예요. 나 자신을 끊임없이 찾아가려는 노력이야말로 강한 힘을 가지고 있어서 지난한 삶의 숲을 잘 헤쳐나가게 해줘요. 인생의 모든 선택에 있어서 견고한 지지대가 되어주는 그 힘을 꼭 찾아내기를 바랄게요.

관계의 부질없음을 느끼며 너무 씁쓸해하지 말아요. 세월의 흐름에 따라 잔잔하게 스며들어온 것뿐이에요. 나만, 내 인생만 이런다고 어둑한 그늘에 빠지지 마세요. 크고 작은 상처를 받아온 세월 속에서 깨달은 바로는 나 또한 예외 없이 타인에게 실망과 아픔을 주는 존재였다는 거예요.

실은, 여태 부질없다고 여겼던 건 사람과 관계가 아니라 그들에게 기대와 의미를 두며 연연했던 내 마음이더군요. 그러나 후회 없이 애정과 진심을 쏟아본 덕분에 보다 말끔히 비워질 수 있었다고 생각해요. 비워진 마음에는 지금 내 곁에 머무는 존재들을 향한 고마움을 풍성하게 채워 넣었고요.

관계의 부질없음도 노을 지는 바닷가 앞에서 선선한 바람 맞으며 나누는 이야깃거리 중 하나더군요. 불그스레한 노을 아래에서 도란도란 이야기꽃을 피우다 때가 되면 다시 소박한 일상으로 돌아가보아요. 삶의 다른 이야기들도 들으러 길을 나서야죠.

그 사람만큼은 나를 지지해줄 줄 알았어요

내가 이만한 가치가 있는 사람이라는 것을
그들이 알아주기를 바라며
이리저리 분주해하지 않아도 돼요.

이미 선택을 내리고도 주변 사람들에게 과연 이 선택이 최선인 건지 연거푸 확인받고 싶은 순간이 있을 거예요. 그럴 때 상대방도 지지해준다면 그렇게 든든할 수가 없죠. 하지만 아쉽게도 매번 주위 사람들의 응원과 지지를 받을 수는 없더군요. 걱정 어린 말과 못 미덥다는 듯한 시선을 보내오기도 해요. 그럼에도 그들로부터 지지를 받고자 연연했던 건 모두로부터 사랑받고 싶은 마음의 연장선이었을 거예요.

삶이 크게 달라질 만큼 큰 고민을 안고 있을 때, 내게 기대 치 않은 반응을 보여주었던 사람들을 돌이켜 생각해봤어요. 내 마음이 이리저리 흔들리니 곁에 있는 사람도 그 파도에 흔들릴 수밖에 없었겠더라고요.

그래서 내 생각을 괄시하는 말과 표정을 마주했을 땐, 괜 스레 위축되거나 나도 따라 인상을 찌푸리기보다 '아, 앞으로 이 이야기는 그들과 함께 나눌 수 없겠구나.' 하며 마음을 추스르려 노력했어요.

기대했던 이들로부터 진득한 믿음을 얻고 싶은 심정은 이 해해요. 하지만 내 행보는 스스로를 온전히 믿어주는 마음 이 바탕이 되어야 빛을 발하죠. 걱정과 불안, 의심은 밖에 두고 내 안에는 오로지 확신만 남겨두는 거예요. 그리고 선택에 대한 책임을 지면 돼요. 자신의 판단력을 굳건히 믿어주세요.

곁에 있는 사람들은 내가 꿋꿋이 그 길을 걸어나가 드디어 전환점을 맞이했을 때, 고생했다고 어깨를 툭툭 두드려주는 걸로 도리를 다하는 거예요. 믿어주지 않는다고 해서 그들을 미워할 필요도, 내 사람이 아니라고 단죄하려 감정과 시간을 낭비할 이유도 없어요. 그저 내 행동으로 변화를 일으키면 그것으로 충분해요. 내가 이만한 가치가 있는 사람이라는 것을 그들이 알아주기를 바라며 이리저리 분주해하지 않아도 돼요. 바라기 시작하면 끝이 없거든요.

나를 믿어주는 사람에 대한 감사함으로 가득해야 할 마음 안에 미움이란 감정의 싹을 틔워놓아, 도리어 고마움을 충분히 전하지 못했을지도 몰라요. 갖지 못한 것에 대한 미련은 버리고 이미 가진 것에 대한 소중함을 가슴 깊이 끌어안아 보세요.

한편, 그 시기에 사람들이 보여준 걱정이 저를 더 깊은 고민에 빠지게 했기에 누군가가 변화를 고심하고 있다면 걱정하는 것도 조심해야 한다는 걸 깨달았어요. 중요한 결정 앞에선 나의 말은 아끼고 그 사람의 선택을 존중해주는 방향으로요.

새로운 환경에 접어들면 "내가 해봐서 아는데."로 시작해 한껏 거들먹거리는 사람도 있고 처음부터 가능성을 짓밟고 깎아내리는 사람도 마주칠 수 있어요. 변화가 일어나는 곳곳에서 어떤 사람을 만나게 될지는 그 누구도 장담할 수 없더군요.

같은 말과 행동이라도 받아들이는 사람의 성숙도에 따라 다르게 평가되곤 해요. 서툴러서 한 실수인데도 선한 의도까지 깔아뭉개는 사람이 있는 반면 본래 의도를 알아주고 다독여가며 이끌어주는 사람이 있어요.

미성숙한 길잡이들의 말 한마디에 쉽게 주저앉지 마세요. 그들의 변덕에 일희일비하지 마세요. 내가 가고자 하는 길을 반듯하게 걸어나가요. 부모님, 선생님, 친구, 연인 그리고 직장 동료와 상사. 곳곳에 존재하는 이들이 보다 성숙한 길잡이인지 한 번쯤 생각할 여유를 가져보는 게 어떨까요? 단편적인 모습을 보고 나를 판단하는 이들 말고 혜안을 가지고 있는 인물을 좇아보는 거예요.

우리 모두 겉모습은 어른이지만 낯선 분야에선 한없이 어린 아이가 되잖아요. 우리에겐 인자한 미소를 지닌 할아버지, 할머니와 같은 너그러운 삶의 인도자가 필요해요.

성숙한 길잡이를 알아보는 안목을 길러 그들의 발자취를 따라가보세요. 그들의 도움은 받되 의존은 경계하며 독립적인 길잡이로 성장해가요. 나 또한 누군가에게 길잡이가 되어줄 미래가 머지않아 찾아올 거예요.

Part 4

관계의 끈을 붙잡고서

나를 감정 쓰레기통으로 여기는 사람

아무리 편한 관계라도 긴장의 끈은
내 손으로 붙잡고 있어야 해요.

친구들끼리 만나면 꼭 연애 중이 아니더라도 사랑에 대한 이야기가 오가고 취준생이라면 취업, 직장인이라면 회사 생활, 그리고 서로의 가족 얘기도 오고 가잖아요. 각자 다른 상황에 놓여 자기 이야기를 털어놓아도 친구니까 한 번이라도 더 들어주기 마련이죠.

그러나 언제부터인지 그 친구는 내 안부조차 묻지 않아요. 요즘 내 기분은 어떤지, 어떤 하루를 보내고 있는지에 대해 일말의 관심도 보이지 않죠. 서로의 감정을 공유하는 게 아니라 끊임없이 자신의 말과 감정에 대한 공감, 동의만을 구해요. 그 바람에 내 이야기는 자꾸만 사라지죠. 그래서 언제부턴가 나에게 다 털어놓고 홀가분하게 떠나는 친구의 뒷모습을 보는 게 더는 흐뭇하지만은 않던가요?

저 또한 누군가에게 그랬던 적이 있어요. 혼자만의 감정에 취해 외로운 싸움을 하고 있던 때였죠. 내 마음을 누군가에게 털어놓는 순간에서 오는 그 후련함이 하루를, 일주일을 버티게 해주더군요. 그 시간이 참 간절했어요. 몇 번 털어놓으면 말끔히 괜찮아질 줄 알고 의지했던 게 습관이 되어버렸죠. 누구나 한 번쯤 자기 감정에 치우쳐 주변을 둘러보지 못한 적이 있을 거예요.

의지가 되는 사람에게 속 얘기를 꺼내는 건 자연스러운 일이에요. 그러나 힘들 때마다 매번 내 감정을 토로하면 상대방은 부담을 느낄 수 있어요. 경청하는 것과 호응해주는 일이 결코 쉬운 일이 아닐뿐더러, '언제든' 그래주길 바란다면 상대방은 불편할 수 있죠. 내 이야기를 꺼내기에 앞서 상대방의 안부를 묻고, 지금 대화를 나눌 시간적 여유가 있는지 먼저 양해를 구해보세요.

여태 잘 들어주던 사람이 태도를 바꾸는 이유도 나에 대한 애정이 달라졌다기보다 자신이 존중받지 못하고 있다는 불쾌한 감정을 느꼈기 때문이에요. 상대방이 내 시간과 노력을 당연하게 여길 때, 그 당혹감이 나를 멈춰 세우죠.

오래도록 서로에게 버팀목이 되어주었으면 하는 존재가 있나요? 그렇다면 상호간에 존중하며 서로의 이야기와 사정을 나눠보는 게 어떨까요? 아무리 편한 관계라도 긴장의 끈은 내 손으로 붙잡고 있어야 해요. 상대방이 내 얘기에 귀 기울여줬다면 고맙다는 말 한마디 잊지 마세요.

안타깝게도 나 또한 그런 실수를 저질렀음에도 불구하고 상대방이 나를 존중하지 않는 것 같으면 엄격해졌어요. 그러나 생각해보면, 감정 쓰레기통이 되기를 거절할 수 있는 기회는 분명히 있었어요. 모든 걸 상대방의 탓으로 돌릴 수는 없더군요. 조금 억울하기도 했어요. 인내력을 발휘해 내 감정과 시간을 쏟으며 들어준 건 상대방을 위한 배려였으니까요. 얼마나 힘겨웠으면, 하는 생각이 도통 저를 놓아주지 않았거든요.

하지만 자신의 감정을 스스로 책임지고 갈무리해야 할 몫이 있듯, 반대로 자신이 누군가의 슬픔과 고통을 함께 짊어질 정신적 여유와 체력이 되는지는 스스로가 점검해야 해요. 특히, 타인의 감정에 깊게 영향을 받는 성향이라면 더욱 챙겨야 해요.

들어주는 것 말고는 다른 무언가를 해줄 수 없는 상황일 때, 상대방의 이야기를 오랜 시간 듣다 보면 정신이 아득해져요. 그래서 언제부턴가 연락이 오는 순간마다 덜컹 심장이 내려앉죠. 그로부터 받는 스트레스의 강도는 본인의 생각보다 훨씬 높을 거예요. 연락하는 주기를 늘리거나 답장하는 횟수를 줄이는 것만으론 깊은 늪에 빠져 있는 상대가 내 마음을 알아차리기 어려워요.

"날 믿고 네 이야기를 들려줘서 고마워. 그런데 요즘 우리의 대화 방식이 내 입장에선 좀 지치고 버겁더라. 우리 둘 다 여유로운 상황은 아니잖아. 이왕이면 대화 주제도 좀 더 긍정적인 방향으로 전환이 필요하다고 생각해. 네 생각도 말해줄래?" 이렇게 분명한 의사 표현을 해보세요. 임계점에 도달할 때까지 무작정 참거나 상대방의 반응이 두려워 스스로를 방치하지 않기를 바라요. 실제로 그 거절을 받아본 입장으로선 그 순간이 삶의 큰 전환점이 되었어요. 거절은 관계 속에서 나 자신이 발휘할 수 있는 지혜로운 힘이고, 응당 가져야 할 권리예요. 대화의 균형은 물론 관계의 균형까지 제자리를 찾아보세요.

배려와 존중은 관계 속에서 배워가는 것이니까요. 서로 모르는 부분은 이번 기회로 친절히 알려주면 돼요. 상대 또한 자신도 모르는 사이에 친구를 감정 쓰레기통으로 대했다는 것에 놀라고 마음 아파할 거예요.

다만, 누군가로부터 거절의 말이나 서운하다는 말을 들으면 그것을 받아들이기 위한 시간이 필요해요. 게다가 당장은 상대가 타인의 마음까지 들여다볼 여유가 없는 상태죠.

그 순간엔 당혹감에 아무 말 못했을지라도, 자신의 모습을 진중히 돌아보고 '거절하기까지 얼마나 고민했을까. 그동안 많이 힘겨웠을 텐데. 아쉬운 말을 전하는 그 마음도 참 속상했겠다.' 생각하며 그간 나의 고생과 성의를 헤아리고 고마움과 미안함을 전해올 거예요. 곧바로 나를 향한 진심이 돌아오지 않는다 하여 친구에 대한 마음을 힘겹게 깎아내기보다 그에게 스스로 생각해볼 시간을 충분히 만들어주세요. 관계에도 '쉼'이 필요해요. 그동안은 내 마음을 회복하는 데 온 기운을 쏟아보아요.

감정을 다루는 데 늘 서툴러요

그 감정이 무엇인지 잘 모르겠을 땐
일단 날카로워진 마음의 모서리를
책 접듯 잠시 접어두세요.

관계를 잘 이어나가려면 먼저 나를 알아야 한다는 말이 이제야 좀 와닿아요. 나는 이런 말을 들으면 기분이 불편해지는구나, 하는 기준이 있어야 하더군요. 기준이 허술하면 무슨 말을 들어도 어떻게 반응해야 할지 몰라 답답한 기분이 들잖아요. 그런 상태에서 말을 꺼내면 상대방을 몰아세우게 될 수도 있어요.

책을 읽을 때, 인상 깊은 구절이 있으면 밑줄을 긋거나 그 페이지를 접어놓잖아요. 내 마음이 불편했지만 그 감정이 무엇인지 잘 모르겠을 땐 일단 날카로워진 마음의 모서리를 책 접듯 잠시 접어두세요. 대부분의 사람들은 그 순간뿐이었을 거라며 힘들여 잊으려 해요. 그러나 책을 읽고 나서 좋았던 한 문장이 문득문득 기억나는 것처럼, 그때의 감정이 남아 있다는 것은 스스로에게 어떤 자극이 온 거예요.

'아, 이건 아닌 것 같은데.'

내 마음이 불편했을 땐 그 감정을 쉬이 흘려보내지 말고 꽉 붙들어놓아요. 그러다 다시 비슷한 감정을 느낄 때 그 페이지를 펼쳐보는 거죠. 그러기를 반복해서 나만의 감정 사전을 한 페이지씩 차곡차곡 엮어보는 거예요.

내 감정은 내 거예요. 그러니 내가 내 감정의 주인이 되어야 해요. 내가 무엇을 느끼는지 끊임없이 반추하고 탐구해보세요. 감정을 공부하는 시간을 늘려갈수록 내 마음을 제때, 명확하게 전달할 수 있고 감정의 응어리는 해소돼요. 스스로 느낀 감정은 타인의 말에 휘둘리지 말고 있는 그대로

바라봐주세요. 내 감정은 존중받아 마땅해요.

누구나 관계 속에서 아차 싶은 순간이 있어요. 그때, 어떤 이들은 자신의 실수를 알아차리고 발 빠르게 행동을 변화시켜요. 그래서 타인을 대할 때엔 한두 번은 실수이겠거니, 그럴 수도 있겠거니 하되 이후의 모습을 더 신중히 지켜봐요.

그러나 상대방이 아무런 자각 없이 비슷한 언행을 거듭한다면 확실하게 내 의사를 전달하는 편이 현명한 대응이더군요. 나와 상대방 모두를 위해서 말이에요.

불분명했던 감정의 실체를 알았다면, 그 감정의 무게가 너무 무겁지 않을 때 전하도록 해요. 오랜 시간 꾹 참다가 나온 말에는 본래 전달하고자 하는 바에 그동안 내가 숨겨온 속상함과 원망이 덕지덕지 붙어 있죠. 큰 바윗덩어리를 마주할 때면 정면으로 부딪치는 게 아니라 두어 발짝 피해가듯, 상대방의 큰 감정을 맞닥뜨린 사람은 자신을 지키기 위해 피할 수밖에 없어요. 반대로 말 속에 담긴 감정이 너무 가벼워도 상대방은 대수롭지 않게 넘어가기도 해요. 말을 전하는 타이밍을 맞추기란 참 어렵죠. 그래서 더욱이 스스로 느끼는 감정을 꾸준히, 야무지게 관리해야 한다고 생각해요.

제가 경험한 바로는 한 번만 더 이런 상황에 놓이면 나도 모르게 날카로운 반응을 내보일 것 같다는 직감이 든 순간이 말을 전하기에 가장 적절한 때였어요. 한계에 다다를 때까지 기다리는 게 아니라 한발 앞서는 것이 중요했어요. 내가 여유를 가지고 전달해야 상대방도 유연하게 받아들일 수 있으니까요. 차분하게 자신의 감정과 생각을 전해보세요.

내 감정을 표현하는 법에 익숙지 않은 때엔 상대방에게 불편한 감정을 전하면 찜찜한 기분과 함께 이런 생각들이 몰려올 거예요. '좀 더 감정을 조절했으면 좋았을 텐데.', '이 말은 너무 아프게 들렸을까?', '내가 아집을 부리는 건가?'

타인에겐 당혹스러운 말일지라도 나를 위해선 진작 뱉어냈어야 하는 말이에요. 다음엔 안 그러겠지, 하며 꾹 참고 속앓이하는 버릇을 들이지 마세요. 보통 상대의 기분이 상할까 혹은 사이가 멀어질까 걱정하는 마음에 망설이는데 그렇게 멀어질 사람이면 그때가 아니라도 언제든 멀어질 인연이에요. 오히려 내 말을 잘 수용해주는 사람, 내 아픔과 불편함을 겸허히 받아들이고 진지하게 고민해주는 사람, 그런 진귀한 인연을 발견해낼 수 있던걸요.

어떤 감정이었든 스스로 느꼈다면 그게 맞아요. 내 마음이 아팠다면 나를 아프게 한 일이 맞아요. 유독 예민해서 그런 게 아니에요. 참고 참는 것은 내가 나를 갉아먹고 기만하는 행위예요. 그러니 다른 사람을 한 번 더 헤아리려다 상처받은 마음까지 부정하지 않기를 바라요. 역지사지를 하고자 했다면 이미 충분히 했을 거예요. 하고, 또 하고도 남았을 사람이에요, 당신은.

자기 자신에게 좀 더 편한 관계를 만들어가요. 나의 기준에 맞게끔, 관계 속에서 그동안 쌓아온 모든 노력이 헛되지 않도록 말이에요.

하려던 말은 그게 아니었는데

상대의 생각을 충분히 듣고 나서
판단해도 늦지 않더군요.

가는 말이 고와야 오는 말이 곱다는 말처럼, 먼저 상처받은 입장에선 말이 좋게 나가기가 참 어려워요. 똑같이, 때론 더 거친 말로 반격에 나서곤 하죠. 그러나 속이 좀 풀릴 거란 예상과 다르게 좀처럼 마음이 편치 않아요.

화를 내는 것 자체가 질타를 받을 일은 아니라고 생각해요. 아니다 싶은 것엔 확실히 화를 낼 줄 알아야 하죠. 응당 화를 내야 하는 상황이었음에도 자신이 화를 냈다는 사실 자체에 놀라 자책에 빠지지 않았으면 해요.

다만, 적절하게 화내는 법을 아는 것도 우리 삶에서 중요하더군요. 같은 감정이라도 어떻게 표현하느냐에 따라 뒤따르는 상황이 달라질 수 있어요. 이번에 목소리가 격양됐다면, 다음에 비슷한 상황이 왔을 때는 톤을 누그러뜨리고 좀 더 정중하게 전달할 수 있도록 연습해보는 거예요.

누가 봐도 무례한 태도가 있지만 애초에 배려와 무례함 사이 명쾌하게 정해진 기준은 없어요. 다만 각자 나름의 주의를 기울이는 거죠. 또한, 배려 측면에서 나와 타인의 관심의 속도가 다르고, 터득해가는 방식이 다를 수 있다는 걸 고려하지 못하는 것도 바람직하지 않겠더라고요. 오로지 내 방식과 속도만 옳다고 우겼다간 타인에게 과도한 비난을 쏟을 수 있어요. 내 불쾌감을 표현하는 방식에는 세밀한 주의가 필요한 부분이었어요.

모든 사람이 악의를 품고서 상처를 주는 게 아니었어요.

서로 다르기에 타인이 아무런 의도나 의미 없이 던진 말도 내겐 비수로 꽂힐 수 있어요. 또한, 지금의 나처럼 자신의 감정과 생각을 말로 표현하는 방식에 대해 고민하고 있을지도 모르죠.

나와 다름을 대할 때는 먼저 상대의 의도를 넌지시 확인해보는 게 좋아요. "무슨 뜻이야?", "그렇게 생각해?" 또는 상대의 말끝에 물음표만 덧붙여 다시 건네요. 악의가 아닌 걸 알아도 한번 확인해보세요. 악의 없이 자꾸만 타인을 기분 나쁘게 하는 언행을 반복하는 사람은 대부분 그 상황을 제대로 인지하지 못하고 있었어요. 그때마다 의도를 물어 상대방의 언행을 짚어주는 방식이 도움 될 거예요. 혹시라도 의도를 묻는 과정에서 극단적으로 상대를 오해하거나 몰아세우지 않는 게 중요해요. 상대의 생각을 충분히 듣고 나서 판단해도 늦지 않더군요.

"넌 항상 그러더라.", "그러면 안 되는 거야." 혹은 "이렇게 해야 되는 거잖아."

꼭 원색적인 비난이 아니더라도 자신을 도덕적 잣대로 판단하는 말은 공격으로 들릴 수 있어요. 듣는 입장에선 그것을 온전히 수용하기보다 당혹감에 발끈하거나 변명하게 되기 쉽죠. 내가 궁극적으로 전하고자 하는 바는 내가 느낀 불쾌한 감정과 상처받은 마음이고 그 마음을 알아주기를 바라는 것이니까 '너'의 태도를 앞세우기보다 '나'의 감정과 생각을 전해야 해요.

다만, 상대도 분명 관계를 위한 나름의 노력을 해왔을 거예요. 그런데 느닷없이 불편한 마음을 듣는다면 자신의 노력은 생략된 것 같아 말을 다 듣기도 전에 서운함이나 거부감을 품을지도 몰라요. "네가 나를 생각해주는 마음은 참 고마워."라고 운을 띄워보세요.

그 다음, 내가 진정으로 존중받고 싶은 욕구를 밝혀야 해요. "나는 이 부분을 중요하게 생각하는 사람이라, 좀 전에 그 상황에서 이런 기분이 들었어." 상대의 언행에 대해 어떠한 비난 없이 사실만을 이야기하고 그에 따른 내 감정을 이야기해보세요. 뒤이어 "앞으로는 이렇게 해줄 수 있어?", "우리 이렇게 해보는 게 어때?"와 같이 내가 원하는 바를 분명하고 간결하게 현실적인 대안으로 제시해보는 거예요. 감정적인 싸움으로 흐르지 않게, 상대방에게 자신의 실수를 인지할 수 있는 기회와 사과할 수 있는 기회를 만들어주세요.

물론 상처받았다는 자신의 감정을 있는 그대로 표현한다는 게 쉽지 않아요. 그 감정을 말하기 위해선 어린 시절 나의 이야기 혹은 누구에게도 말하고 싶지 않은 트라우마를 꺼내놓아야 할 때도 있기 때문이죠. 평화로운 일상에서 그 일을 잠시 떠올리는 것만으로도 마음이 어수선해질 거예요. 그러다 보니 아픈 곳을 꾹 찔렀을 때 내 솔직한 마음을 전달하기보다 상대방을 지적하는 날선 발언으로 이어져요. 나를 보호하기 위해서 말이에요.

자신이 원하지 않을 땐 힘겹게 자세한 얘기를 꺼내지 않아도 돼요. 다만, 이와 관련된 안 좋은 기억이 있다고, 그러니 다른 이야기를 했으면 좋겠다고, 앞으로는 조심해주기를 부탁한다고 용기 내어 짤막하게라도 전해보세요. 아무 언급 없이 공격적인 태도를 취하고 상대방의 의도를 지레짐작한다면, 상대 또한 자신의 진심이 왜곡된 것에 상처를 받고 그로부터 여러 감정이 뒤얽힌 오해가 생길 수 있더군요. 서로를 위해 늦지 않게 말을 전해보세요.

   이렇게 내가 느끼는 감정을 중심으로 전했지만 그럼에도 내 마음에 대해 크게 관심을 두지 않고 오히려 적반하장으로 구는 사람과는 일찌감치 마음의 거리를 두고 지내는 것이 좋아요. 아무리 내가 진심을 다한다 한들 상대가 진정으로 듣고자 다가서지 않는다면 무용지물이에요. 이젠 내 진심을 몰라준다고 서운해하기도 멋쩍어요.

   배려하는 노력도 내 마음을 알고자 하는 이에게 쏟아요. 내 힘으로 상대를 바꾸려 하거나 '언젠가는 내 마음을 봐주겠지.' 하며 그에게 얽매여있지 마세요. 가슴이 문드러지고 마음에 병이 나요. 채 풀리지 않고 남겨진 것은 이제 상대의 몫이에요. 나는 이만 그 다음을 살아가도록 해요.

나는 들을 준비가 되어 있을까

힘겹게 꺼낸 고백 앞에서
아무 말도 하지 못했던
그때의 내 모습은 참 못났어요.

　활발한 성격이 아닌 제가 사람들과 친해질 수 있는 유일한 방법은 잔잔한 음악에 차 한 잔을 기울이며 나누는 대화였어요. 고민거리나 우리만의 비밀 얘기를 나누며 깊은 공감대와 친밀감을 쌓아왔죠. 친구와 더 가까워지고 싶은 마음에 상대방의 이야기를 들려달라고 조른 적도 많아요.

　"나한테는 솔직하게 말해도 돼."

그러나 한 사람을 더 알아가고 싶은 욕심과 달리 내가 누군가의 삶에 대해 들을 준비가 되어 있지는 않았어요. 나를 믿고 어렵게 들려준 이야기가 생각했던 것보다 깊고 무거워서 적잖이 당황했던 순간들이 떠올라요. 친구는 얼마나 무안했을까. 그날 가슴이 한 번 더 미어졌겠구나. 힘겹게 꺼낸 고백 앞에서 아무 말도 하지 못했던 그때의 내 모습은 참 못났어요. "많이 힘들었겠다.", "말해줘서 고마워."라는 말은 머릿속에 입력조차 되지 않았죠.

상대방이 말을 아끼는 데에는 저마다의 이유가 있을 거예요. 본디 자신의 이야기를 타인에게 잘 꺼내지 않는 성향이거나 자기 마음을 표현하는 데 익숙지 않은 사람일 수도 있죠. 그리고 어떤 사람은 각박한 현실 속에서 삶의 무게를 일찍이 깨달아 자신이 아끼는 이들에게만큼은 부담을 지우고 싶지 않아 하죠. 그것 또한 애정 어린 배려더라고요.

한편으론 상대방이 나로 인해 입을 꾹 다문 건 아닐까 하는 생각이 들어요. 말하지 않는 이를 다그치면서도 상대가 본격적으로 말을 꺼내기도 전에 나 혼자 판단하고 이미 다

안다는 식으로 대한다면 상대방의 이야기는 말을 해줘도 결코 들리지 않아요. 내가 듣고 싶은 대로만 들을 뿐이죠.

물론, 자신 때문에 마음고생하지 않도록 상대방에게 나라는 사람에 대해 미리 말해주는 건 상대를 향한 하나의 배려라고 생각해요. 허나 꼭 먼저 말을 해야만 알까요? 관심을 갖고서 질문을 건네면 충분히 알 수 있는걸요. 아무리 오래된 사이라도 내가 한 사람을 다 안다고 자부해서는 안 될 일이에요.

친밀한 사이일수록 무슨 일이 있는지, 어쩌다 그 감정에까지 다다른 건지, 그 생각을 가지게 된 속사정은 무엇인지. 적극적으로 관심을 갖고 질문하는 것이야말로 소통이자 사랑이에요. 마음으로 다가가 들어보세요. 감추고 싶은 사정을 낱낱이 파헤치는 것과는 달라요. 상대방의 감정과 상황에 대한 주의 깊은 관찰과 진심과 존중이 바탕이 된 섬세한 질문들이 그의 마음을 열게 만들어요.

어떤 관계에서든지 말을 하라고 다그치기 전에 자신이 들을 준비가 되어 있는지부터 점검해봐야 해요. 나의 관심과

배려가 부족했던 것을 두고 전부 입을 다문 상대의 탓으로 돌리지 않아야겠죠. 정말로 상대방의 이야기를 들을 준비가 되어 있는지, 스스로에게 질문을 던져 보세요.

한참 저만의 고민에 빠진 탓에 친구들에 대한 관심이 줄었던 시기가 있어요. 불현듯 떠올라 한 친구에게 연락했을 때 뜻밖의 사정을 들었어요. 머쓱한 마음에 "말을 했어야지.", "진작 말하지 그랬어."라고 말하기엔 여태 혼자 끙끙 앓았을 친구의 모습이 눈앞을 떠나지 않더군요.

"일찍이 알아주지 못해서 미안해."

"내가 걱정할까 봐 말을 아꼈었구나. 많이 힘들었지?"

고된 상황에서도 자신의 아픔보다 나를 먼저 생각해준 친구의 따뜻한 배려에 가슴 아리면서도 참 고마웠어요.

관심이란 것도 잘 해내기 어렵죠. 자칫하면 간섭과 오지랖이 되기 일쑤고 거리 조절에 서툴러 부담을 안겨주게 되니까요. 그러나 관심과 질문은 상대방과 나를 이어주는 연결고리예요. 민감한 주제는 남다른 주의가 요구되지만요. 아슬아슬하게 줄타기를 하는 것 같아도 간섭과 부담, 그리고 방관과 무관심의 사이에서 지혜로운 방법을 배우고 내 안에서 질서를 부여하는 노력을 기울여보세요.

친구와 많은 이야기를 나누었음에도 그 이야기 속에 나 혼자만 있었던 것 같아요. 친구가 말하지 않았을 리가요. 나에게 소중한 사람이라면 잠깐 멈칫하던 순간도 쉽게 흘려넘기지 마세요. 섬세한 관심을 기울이세요.

의사소통의 기초는 사려 깊은 '관심'과 '경청'이라고 생각해요. 내가 하고 싶은 말을 하는 데만 집중하기보다 상대방이 하고 싶은 말을 꺼낼 수 있도록 곁에서 기다려주는 것. 서로에 대한 관심을 바탕으로 원활하게 소통할 수 있는 방식을 배우고 실천하며, 주고받는 상처를 최소화하는 것. 그것이야말로 관계를 위한 진정한 노력 아닐까요?

미안하다는 말은 누가 먼저 해야 할까요

표현하지 않는 순간부터
관계의 견고함도 한 올 한 올 풀려가요.

더 잘못한 사람이 먼저 사과해야 하는 걸까요?

누가 먼저 잘못했는가, 더 큰 잘못을 한 사람은 누구인가의 문제가 아니더라고요. 자신의 마음보다 상대의 마음, 그리고 이 관계를 한발 앞서 헤아린 사람이 먼저 미안함과 고마움을 전하더군요.

미안하다는 말은 자신의 잘못을 인정한다는 뜻으로 한정되지 않아요. 더 깊이 들여다보면 '나로 인해 네 마음이 다쳤다는 걸 알았어, 더는 네가 속상해하지 않았으면 좋겠어.'라는 의미가 담겨 있다는 걸 알게 되죠.

　다툼의 크기와 관계없이 늘 인연을 소중하게 여기고 있었다면, 티끌만한 것이라도 내 책임인 부분이 보일 거예요. 그 티끌을 볼 줄 모르는 사람이야말로 큰 잘못을 하고 있는 걸지도 몰라요.

　상대방이 먼저 사과를 해왔을 땐 그 순간 우쭐해서 상대방에게 모든 탓을 넘기고 어물쩍 넘어가는 것이 아니라 재빨리 자신의 행동을 돌아보세요. 사과를 받은 게 이겼다는 걸 의미하지도, 나 자신이 완전무결하다는 것을 뜻하지도 않아요. 먼저 미안하다고 말을 꺼내는 상대에겐 다친 마음이 없을 거라고 가볍게 단정해버려 소중한 인연을 놓치지 않기를 바라요.

　고마워. 미안해. 두 문장을 자연스럽게 전하는 사람은 유난히 겸손하거나 가정에서 예의범절을 잘 배운 게 아니더군요. 자주 표현하는 사람이었어요. 관계 속에서 얻은 삶의 충만함과 나의 불완전함을 깨우쳐준 것에 대한 감사함을 전해보세요. 말하지 않으면 몰라요. 상대가 베푼 친절함을 당연하게 여길수록 나는 겸손함을 잃어가요. 함께 노력한 일들을 자신도 모르게 '해준' 거라고 여기기 십상이죠. 표현하지 않는 순간부터 관계의 견고함도 한 올 한 올 풀려가요. 마음을 전해야 하는 순간에 적절히 표현해가며 나와 함께하는 인연에 대한 긴장감을 유지해보세요.

처음엔 아주 작은 서운함이었는데 상대방이 무성의하게 지나치면 화가 커지죠. 상대방이 서로 껄끄러워질 이야기를 푸념하듯 꺼내고 있다면, 나를 비난하기 위해서가 아니에요. 힘들고 속상했던 자신의 마음을 알아달라는 간절함에서 비롯된 것이었어요.

내 마음 좀 살펴달라는 말에 상대방이 미안하다는 말 한마디 없이 그런 의도가 아니었다며 책임을 회피하면, 자신의 감정이 무시당하고 있다는 생각이 들 거예요. "나는 네마음에 관심이 없어.", "내 잘못 아냐."라는 말로 받아들여져요. 그러면 화가 나기 시작하고 오래 전 일까지 떠올라 갈등이 불거지는 거예요.

누군가 나에게 "나 마음 아팠어.", "나 그동안 힘들었어." 라는 말을 건네 오면, 의문을 던지기보다 "네 입장에선 그럴 수 있었겠다." 하며 그 마음 그대로 인정해줄 줄 알아야 해요. 그게 가장 큰 공감이에요. "네 마음이 불편했겠다.", "그동안 혼자 마음고생 많았겠구나." 이런 공감만으로도 성난 마음의 결이 한결 부드러워지더군요. "나라면 아무렇지 않았을 텐데?" 하며 나로 인해 속상함과 불편함을 느낀 한 사람의 마음을 부정하거나 외면하지 않기를 바라요.

서로 다름을 인정하는 데에는 공감하지만, 다르다는 이유로 상처받고 싶은 사람은 없을 거예요. 서로 달라서 상대방의 마음을 할퀴게 되었다면 그 상처를 보듬어주는 데엔 분명한 내 몫이 있어요. 반대로, 그저 우리가 다르기 때문이라며 숨어버리는 건 무례한 일이에요. 남겨진 상대방이 입은 상처는 위로받지 못한 채 곪고 말 테니까요. 서로 다르기에 그 무엇도 당연시되어서는 안 되겠죠.

자신이 의도하지 않았더라도 상대방이 받은 상처에 대해 사과할 줄 아는 사람이 참 멋지더군요. 내 손을 잡고, "마음 아프게 해서 미안해."라고 나지막이 헤아려주는 사람. 그 앞에선 시린 마음이 활활 타오르는 난로 앞에 앉은 것 마냥 따뜻해져요. 자기 자신을 먼저 내세우지 않더라고요. 오히려 그 따뜻한 말로 인해 나를 한 번 더 돌아보게 돼요.

　미안하다는 말, 고맙다는 말을 전하는 데 인색해지지 마세요. 어느 갈등이든 지나고 보면 여지없이 내 어리숙한 면 또한 보여요. 삶의 경험을 쌓아갈수록 그 어리숙함을 발견해내는 판단력이 향상되죠. '아, 그때 전했어야 했는데.'라는 후회는 한참 뒤에도 마음에 아른아른 남더군요. 고마운 마음, 미안한 마음 어서 전하고 오도록 해요.

　우리 모두 상처 주는 것에 익숙해지지 않기를.

만날 때마다 나를 지적하고 평가하는 친구

'저들이 무례한 거야.',
'나는 그런 말을 들을 존재가 아니야.' 라고
스스로에게 말해주세요.

　단둘이 있을 땐 쿵짝이 잘 맞고 거리낌 없이 즐거운 시간을 보내다가도 한 사람이 더 오면 나를 대하는 태도가 달라지는 친구의 모습에 당황스러웠던 적이 있나요? 자연스럽게 대화의 주제가 나의 외모에 대한 흠을 찾는 것으로 흘러가고, 내가 한 말이나 행동을 어딘가 부족해 보이는 이미지에 빗대는 농담들이 오고가요.

오랜만에 만난 사이에선 상대방이 과거의 내 모습만 기억하고 그 이미지에 나를 가둬두려는 탓에 숨이 턱 막힐 때도 있어요. 흘러온 세월만큼 변화가 있기 마련인데, 그들이 만들어놓은 틀 안에 나를 욱여넣는 느낌, 그 앞에선 그동안의 모든 노력이 사라지는 기분이 들어요.

친구 무리도 하나의 작은 사회이기에 여러 명이 모이니 자연스레 비교를 하죠. 혼자 있을 땐 괜찮은 사람인데도 상대적인 결점들이 눈에 들어올 수 있어요. 그러나 단면만 보고서 "너는 이런 사람인 것 같아." 하며 제멋대로 한 사람을 정의내리고, 때론 "네가?" 하고 비웃는듯한 말 한마디로 옆사람에게 모욕감을 주는 건 옳지 않아요.

"옷이 그게 뭐야, 안 어울려."

"화장을 왜 그렇게 해."

"너 요새 살쪘다, 너무 말랐다."

조언이라면서 외모 비하 등 인신공격성 발언을 쏟아내기도 하죠. 무례하게 말해놓고선 상대방의 반응을 콤플렉스 때문이라며, 피해 의식이라고 치부해요. 도리어 자신의 콤플렉스가 상대방에게 투영된 건지도 모르는데 말이에요. 만날 때마다 관심과 반가움의 표시라며 툭툭 내뱉는 그 말들이 만남 자체를 달갑지 않게 만들어요. 가벼운 연락만으로도 주춤하게 되죠.

공간을 만들어보세요. 수많은 시선과 말이 오고가는 가운데 내가 숨 쉴 수 있는 공간을요. 멀쩡하던 사람도 자신을 폄하하고 비웃는 이들에게 둘러싸이면 중심이 흔들릴 수 있어요.

'저들이 무례한 거야.', '나는 그런 말을 들을 존재가 아니야.'라고 스스로에게 말해주세요.

온전히 '나'일 수 없게 만드는 꾸준한 참견을 더 이상 허락하지 않으리라고 한 번 더 다짐해보아요. 다른 사람의 말에 구애받지 않고, 스스로 가치 있고 합리적인 의심을 하면서 나다움을 찾아가기를 응원하기로요.

반대로 내가 누군가에게 상처 주는 말을 서슴없이 뱉고

있다면 멈춰주세요. 무례한 말을 더 이상 농담조로 소비하지 마세요. 그런 말은 기분 좋은 농담도, 걱정해주는 말도 아니에요. 남을 깎아내리면서 작은 위안을 얻으려는 그 비뚤어진 심보와 '나는 몰랐지.'라는 당당한 무지함이 상대방의 마음에 생채기를 내요.

"나 때문에 네 본연의 모습에 잠시라도 의문이 들게 했다면 진심으로 미안해."

내가 하는 말과 행동이 타인에게 어떤 영향을 줄지, 타인의 삶을 어떤 방식으로 흘러가게 할지 경각심을 가지고 고민해봐야 해요. 타인을 판단하는 건 개인의 자유일지라도 말과 시선으로 드러내는 건 다른 차원의 일이더군요. 비교하는 마음이 든다고 해도 모두가 입 밖으로 내지는 않으니까요.

또 한 가지, 자신이 받은 상처를 똑같이 다른 사람에게 되풀이하지 않도록 조심해야 해요. 나 또한 누군가의 타인이잖아요. 돌이켜보니 나의 시선도 누군가에게는 지겹도록 벗어나고 싶은 수많은 시선들의 일부더군요. 한 사람을 바라보며 그 사람이 어떤 사람인지 조급하게 판단한 건 삶의 다양성을 보지 못했기 때문이었어요. 한 사람의 다양한 면면을, 다양하게 살아가는 사람들이 있음을 보지 못하고 눈에 보이는 어느 일부에만 집착하는 습관이 있었어요. 그리고 옳고 그름, 선과 악, 정상과 비정상으로 나누는 이분법적 사고에 안일하게 길들여져 왔죠. 그 대가는 나를 둘러싸고 있는 주변 사람들이 힘겹게 치르고 결국엔 돌고 돌아 내가 감당해야 했어요.

우리는 경험해보지 않은 삶일수록 짧은 몇 문장으로 재단해버려요. 내가 보지 못한 수면 아래 무엇이 있을지도 모르고 말이에요. 나이, 성별, 장애, 종교, 질병, 성 정체성, 사회적 지위 그리고 피부색을 비롯한 겉으로 보이는 모든 것을 판단하고 경멸의 시선을 보내요. 그런데 타인을 틀에 가두려다 결국 스스로 그 틀에 갇히는 꼴이더군요. 은연중에 자기 자신마저 그 잣대로 평가를 하게 돼요. 나 자신마저 가두어버리는 나의 시선에서 먼저 벗어나세요.

나는 있는 그대로 사랑받기를 원하면서 나 아닌 누군가를 본연의 모습 그대로 받아들이기는 왜 이리도 힘이 드는지.

그럼에도 불구하고 노력하고자 하는 이유는 나 자신에게 느끼는 수치심과 죄책감으로부터 이만 벗어나서 살아가고 싶기 때문이에요. 누군가에게 상처를 주고 있었는데도, 심지어 그 사실조차 모르고 지냈는데도 나는 별일 없이 살고 있었어요. 또다시 그런 일을 번복하고 싶지 않더라고요.

타인도 감정을 지닌 나와 같은 사람이에요. 섣부른 판단을 주의하며, '그럴 수밖에 없는', '그럼에도 불구하고'라는 다양하고 복잡한 삶의 사정을 들으리라 결심했어요. 필요 이상의 동정심과 측은지심 또한 경계하면서요. 내가 속한 무리 내에서 오고가는 시선은 서로를 낮추고 답답하게 만들기보다 서로를 북돋아주고, 사람 사이를 연결해주었으면 해요. 내가 먼저 고민하고 배우며, 나의 세계를 넓혀가 보세요. 그럼 갈등과 분열, 혐오가 난무한 사회에서 비로소 폭력을 멈추고 사람과 삶에 대한 올바른 태도를 갖게 될 거라고 굳게 믿어요.

누군가의 행복을 진심으로
축하해주기 어려워요

부러움이나 질투도 다른 감정들과 마찬가지로
자연스레 일어나는 감정이에요.

친구가 바라던 일을 이루면 동네방네 자랑하고 다녔던 시절이 무색하게 언젠가부턴 입꼬리를 겨우 올리곤 해요. 예전엔 없던 삐뚤빼뚤한 감정이 요즘 연신 마음을 헤집어놓고 있나요? 많이 지친 모양이에요. 마음을 다잡기가 말처럼 쉽지 않죠. 더불어 나는 이 감정을 다스리는 것조차도 벅찬데,

내가 느끼는 감정을 전혀 못 느끼는 것 같은 또 다른 친구가 새삼 의식되기도 할 거예요. 구김살 없는 그 친구의 여유에 질투심이 올라오고 떠올릴수록 그나마 남아 있던 기력마저 빠져나가요.

원치 않는 감정과 맞서는 일이 여간 어려운 게 아니더군요. 그러나 당황하지 말아요. 사람이기에, 사람이면 그럴 수 있어요. 부러움이나 질투도 다른 감정들과 마찬가지로 자연스레 일어나는 감정이에요. 비교와 경쟁에 얽매여 있는 구조 속에서 정도는 다를지라도 누구에게나 있는 지극히 자연스러운 감정임을 인정해주세요.

각자의 사정이 다르기에 때로는 진심으로 축하의 말을 건네기 어려울 수 있어요. 아무리 친한 친구여도 지낼수록 마음껏 축하해줄 수 있는 타이밍이 조금씩 어긋나기 시작하더군요. 친구이기에 서로의 그런 사정 또한 넓은 마음으로 이해하고 모른 척 기다려줄 수 있다고 생각해요. 또한 기쁜 소식을 전하는 입장에서 듣는 이의 사정을 최대한 배려하는 말하기도 중요하니까요. 부러움이나 질투를 느끼는 자기 자신을 너무 낯설게 받아들이지 않았으면 해요.

그러나 나의 좋은 일을 두고 상대방이 이죽댄다면 상당히 충격적일 거예요. 내 부단한 노력을 무시하고 운이 좋아서 얻은 거라며 비아냥대고, 내게 온 이 행복이 금방 끝나기를 바라는 듯 악담을 쏟는다면 '이 친구가 여태 나를 그렇게 생각하고 있었구나.' 하는 생각이 들어 놀람과 동시에 허탈함, 연이어 서러움과 애달픔이 몰려와요. 질투가 타인에게 해를 끼치기 시작하면 돌이키기 어려운 거리감이 만들어지더군요.

누구나 부러움과 질투, 열등감을 적어도 서너 개쯤은 품고 살아요. 그것을 여과 없이 드러내느냐, 다스리느냐의 선택이 관계를 좌우한다고 생각해요. 설령 드러낸다 해도 곧바로 잘못됐다는 걸 깨닫고 노력하느냐에도 달려 있죠. 각자가 각고의 노력을 하고 있어요. 사랑하는 이들을 위한 애정 어린 노력이에요.

사람이 아니라 내 감정과 맞서는 일이에요. 단번에 처리하기 힘든 감정이고 그것을 내내 짊어지게 된 저마다의 속

사정이 있죠. 그러나 감정에 속아 소중한 친구를 몰라보고 홀로 고독 속에 빠지지 않기를 바라요. 매사에 신경을 곤두세우며 의식했던 내 경쟁자는 애초에 나와 경쟁 자체를 염두에 두고 있지 않았다는 걸 깨닫는 순간, 부끄러움과 미안함은 말로 못하니까요.

부러운 감정이나 질투가 느껴진다면, 그 감정이 내게 어떤 메시지를 주고자 하는 것인지, 감정의 실체를 파헤쳐보세요. 그 감정이 지금 나에게 무엇이 필요한지, 앞으로의 내가 나아갈 방향을 알아가는 데 도움을 줄 거예요. 부정하고 외면할수록 그 감정은 내부에서 거대하게 불어나 관계뿐 아니라 나 자신을 갈기갈기 찢어놓는 데에 이르러요. 부러운 감정 그대로를 인정하는 게 감정을 치유하는 첫걸음이에요. 내가 가진 욕구에 보다 정직해지세요.

반대로, 상대방이 어려운 상황에 놓였을 때 걱정과 위로를 건네면서도 '나는 얘보다야 낫지.' 하며 알량한 위안을 얻은 적은 없나요? 상대방에게 우월감을 느끼는 경우도 마찬가지예요.

평소 자신의 태도를 잘 살펴요. 우열을 가리는 데에 익숙해지면, 나도 모르게 얼굴에 표가 나죠. 상대방이 삶을 사는 방식과 눈에 보이지 않는 저만의 노력을 그대로 인정하고 존중하면서 일상의 감정과 생각을 잔잔하게 다스려보세요.

그래서 어느 감정에도 치우치지 않고 자신의 중심을 잡길 바라요. 어떤 감정이든 나에게 도움이 되도록 건강하게 이끌어가요. 느끼기 싫은 감정도 언제든 우리를 다시 찾아올 거예요. 그때 어떻게 대처할지는 내가 선택할 수 있고 그 대처하는 자세가 나를 만들어요. 감정과 소통하며 더 나은 자신으로 나아가기를 바랄게요.

먼저 연락하지 않는 친구와는
인연이 다한 걸까요

해를 거듭할수록 친구와의 거리가
보다 다양한 이유들로
좁혀졌다 멀어졌다를 반복하더군요.

'잘 지내고 있어?'

친구의 안부를 물으러 핸드폰을 들었다가 이내 멈칫하고 한참을 생각에 잠겨요. 돌이켜보니 요즘 줄곧 먼저 연락한 건 나였어요. 나만 발을 구르며 이 관계를 지속하고 있다는 사실에 발끝에서부터 피로가 몰려오네요. 답장은 잘하면서도 내가 먼저 연락하지 않으면 일 년에 한두 번 연락할까 말까한 친구. '얘는 이대로 나와 멀어지고 싶은 건가?', '혹시 내가 서운하게 한 일이 있나?' 이런 생각이 들기도 할 거예요. 핸드폰을 손에 쥐었다 놓았다를 반복하며 망설인 시간만큼 친구에 대한 서운함도 쌓여가죠.

해를 거듭할수록 친구와의 거리가 보다 다양한 이유들로 좁혀졌다 멀어졌다를 반복하더군요. 각자의 소속이 달라지면서 생활 반경도 달라지고 때론 제어하기 어려운 상황들이 한꺼번에 생기기도 해요. 삶을 사는 방식도 각양각색이에요. 누군가는 가정을 꾸릴 준비를 하고 다른 누군가는 새로운 꿈에 도전하느라 정신없이 바빠요.

어쩌면, 연락이 뜸해진 친구는 그저 자신의 삶을 살고 있는 거예요. 서로 새로운 환경을 맞을 때마다 삶의 굵직한 변화들은 미처 보지 못한 채, 나에 대한 애정과 진심이 변한 것으로 여긴다면 살아남을 수 있는 관계는 얼마 되지 않을 거예요.

그저 각자의 삶이 생겨나고 그 삶을 사느라 바쁜 것이었구나, 나에 대한 마음이 달라진 것이 아니라 나에게 쏟았던 관심을 가족, 연인, 직장 등 여러 군데 골고루 나누어 균형을 찾아가고 있구나. 그렇게 봐주었으면 해요. 친구 관계에 비교적 큰 비중을 두던 10대 시절에 기준을 두면 2, 30대를 지나면서는 서로가 버거울 수밖에 없어요. 내 기대치를 한껏 높게 잡고서 그에 미치지 못한다고 친구의 노력을 너무 당연하게 여기고 있는 건 아닐까요? 연락을 할 때마다 온정을 담아 내 이야기를 들어주고 가장 절박한 순간에는 한걸음에 달려와 내 곁을 지켜주는 존재, 참 소중하잖아요.

멀어진 것 같은 거리를 다시 좁히려 애써 고군분투하지 않아도 돼요. 오히려 그 마음이 상대에겐 부담으로 느껴질 수 있어요. 그리고 '저 친구의 속마음은 대체 뭘까' 하며 이해하고자 힘쓰는 그 마음이 자칫 친구에 대한 미움과 서운함의 감정으로 변해버릴 수 있어요. 나 혼자 속 썩여가며 고민하기보다 마음을 비워요. 기대를 내려놓아요.

정작 그 친구와의 인연의 끝을 재촉하고 있는 건 내 원망 섞인 마음이 아닐는지. 그럴 만한 사정이 있을지도 모르는

데 제대로 한 번 속사정을 물어보지도 않고 지레짐작으로 나에 대한 마음이 달라진 건가, 인연을 끊어야하는 걸까, 고민하고 있다는 건 친구에 대한 내 마음이 달라진 건지도 몰라요. 극단적으로 추측하거나 염려하지 않았으면 좋겠어요.

한 달, 일 년짜리 인연이 아닌 몇십 년의 관계를 유지하는 것이기에 오래 연락이 뜸한 것도 받아들이기 나름이더라고요. 마음을 비웠을 땐 한참 지나 다가오는 연락이 그저 기쁘고 반가웠고, 한바탕 미워하는 마음을 쌓아놓은 때엔 상대의 안부를 물을 새도 없이 혼자 초조해하며 괴로웠어요. 오랜 시간이 지나 용기 내어 찾아온 친구에게 마냥 심술을 부린다면 이어질 인연도 어그러지지 않을까요?

당장에 오고가는 연락의 횟수로 관계의 가치를 결정짓지는 마세요. 한동안 '그런 시기인가보다.' 하고 내 일상에, 내 목표에 집중을 하고 있다 보면 그에게 여유가 생길 때 돌아올 인연은 내 곁으로 돌아와요.

가까워지려고도 멀어지려고도 애쓰지 않기로 해요.

때론 긴 세월이 필요한 사이도 있어요. 한창 민감한 10대,

20대를 지나 마음이 몽글몽글 넉넉해졌을 때 다시 손 내밀 수 있죠. 한 시절을 함께 바라보았던 그들과만 느낄 수 있는 연대감에 대한 그리움이 문득 찾아올 때 먼저 연락할 용기를 내보세요.

좀 더 길게 바라보고 관계의 변화를 포착해내요. 우리 이제 전처럼 자주 만나기도, 연락하기도 어려워졌구나. 너도 나도 각자가 꿈꾸던 그 자리에서 열심히 살아가고 있구나. 때론, 삶의 권태기를 나지막이 거니는 중이구나, 생각하며 서로의 삶의 변화를 인정하고 존중해줄 때 관계도 유연하게 흘러갈 수 있어요. 달라진 환경과 상황 속에서 인연을 이어나가는 법을 이해한다면, "가끔씩 오래 보자." 이 한마디를 주고받을 수 있는 귀중한 인연들이 지금 자리한 그곳에서부터 보이기 시작할 거예요.

아무래도 마음 둘 곳 없는 날

1판 1쇄 인쇄 2020년 8월 10일
1판 1쇄 발행 2020년 8월 20일

지은이 윤채은

발행인 양원석 **편집장** 차선화 **책임편집** 이슬기
디자인 이은혜, 김미선 **영업마케팅** 양정길, 강효경, 김보미
일러스트 수빈

펴낸 곳 ㈜알에이치코리아
주소 서울시 금천구 가산디지털2로 53, 20층 (가산동, 한라시그마밸리)
편집문의 02-6443-8916 **도서문의** 02-6443-8800
홈페이지 http://rhk.co.kr
등록 2004년 1월 15일 제2-3726호

ISBN 978-89-255-8993-0 (03810)